O
MIRANTE
DA MONTANHA

GERALDO ROCHA

O MIRANTE DA MONTANHA

<ns

SÃO PAULO, 2019

O mirante da montanha

Copyright © 2019 by Geraldo Rocha
Copyright © 2019 by Novo Século Editora Ltda.

COORDENAÇÃO EDITORIAL: SSegovia Editorial
PREPARAÇÃO: Márcio Barbosa
REVISÃO: Adriana Bernardino | Silvia Segóvia
CAPA: Lumiar Designer
DIAGRAMAÇÃO: Abreu's System

AQUISIÇÕES
Cleber Vasconcelos

Texto de acordo com as normas do Novo Acordo Ortográfico da Língua Portuguesa (1990), em vigor desde 1º de janeiro de 2009.

Dados Internacionais de Catalogação na Publicação (CIP)
Angélica Ilacqua CRB-8/7057

Rocha, Geraldo
O mirante da montanha / Geraldo Rocha. – Barueri, SP : Novo Século Editora, 2019.

1. Ficção brasileira I. Título

19-1283   CDD-869.3

Índice para catálogo sistemático:
1. Ficção : Literatura brasileira   869.3

Alameda Araguaia, 2190 – Bloco A – 11º andar – Conjunto 1111
CEP 06455-000 – Alphaville Industrial, Barueri – SP – Brasil
Tel.: (11) 3699-7107 | Fax: (11) 3699-7323
www.gruponovoseculo.com.br | atendimento@novoseculo.com.br

A criação é uma constante busca pelo mundo interior; a inquietação e a vontade nos tornam capazes de descobri-lo.

Meus agradecimentos a todos os amigos que colaboraram com este projeto, aos familiares, às pessoas queridas e, particularmente, à Fabrini, que emprestou sua visão especial para enriquecer a história e o acabamento final.

Prólogo

Fernando estava em pé no portal dos fundos da antiga casa, de onde podia vislumbrar todo o horizonte a sua frente. O terreno tinha um desnível em relação à rua e a casa ficava num plano mais alto do que o quintal. À tarde, uma paisagem deslumbrante emoldurava o local, trazendo um sol carregado de vermelho e uma sensação que era ao mesmo tempo de paz e de angústia.

Uma nuvem se deslocava como se fosse uma nave, outras faziam diversos desenhos no horizonte, enquanto o vermelho do sol pairava sobre todos os elementos do espaço.

Quando era criança, Fernando sempre pensava que os desenhos que ele via nas nuvens eram coisas de verdade. Muitas vezes tinha nomeado os dragões voadores com nomes estranhos e já perdera as contas de quantas vezes acordara assustado, depois de pesadelos com as horríveis criaturas das nuvens. Então, quando cresceu, descobriu que seus monstros eram apenas formações das nuvens e caprichos do vento, e que os habitantes do céu não passavam de aglomerações flutuantes de vapor.

O sol era realmente impressionante, com seus raios se misturando numa profusão de cores, tornando incomparável o espetáculo ofertado pela natureza, muito diferente dos de outros lugares que Fernando já tinha observado.

Era um lugar único, com histórias marcantes e momentos inesquecíveis de sua vida. Fernando olhava, mas tinha a impressão de que não estava vendo. Seus olhos enxergavam, através daquele rasgo avermelhado, uma estrada comprida e solitária, onde passou sua infância e boa parte da adolescência, e agora se perguntava o que tinha sido importante, o que o tinha trazido até ali...

Perto da porta, deitado com jeito bem preguiçoso, estava o velho cachorro cor de capim seco. Tinha pelo amarelado e patas enormes. Leão era o seu nome. Uma mistura de vira-lata com perdigueiro, era companheiro para todos os momentos, sempre fazendo festa quando qualquer pessoa chegava para uma visita, e nem mesmo o leiteiro que fazia as entregas matinais se importava com a presença do famigerado animal.

De tão idoso, o cão não servia para mais nada, a não ser ficar por ali abanando o rabo e cheirando as pessoas. Os cachorros têm essa virtude de conhecer as pessoas pelo cheiro. Dessa vez, preferiu ficar ali quietinho, esperando, ao lado de Fernando. Deitado e silencioso, não sabia o que se passava, mas pressentia que coisas importantes estavam acontecendo.

Algumas galinhas passeavam pelo pequeno quintal, cacarejando e bicando os insetos. Galinhas de angola, com suas penas parecendo um vestido de chita, coalhadas de pintas pretas e brancas formando no corpo um mosaico de duas cores, ciscavam aos montes. Eram especialistas em matar insetos, e as cobras e lagartos não davam sopa onde existiam galinhas de angola.

Outras pequeninas, da raça garnisé, pareciam galinhas em miniatura e serviam apenas para enfeitar o quintal, com seus filhotes tão miúdos que se misturavam com as pedras maiores. Outra raça de galinha, do tipo caipira, com seus oito pintinhos, cuidava para que os filhotes não fossem devorados por predadores. Esses pequenos animais eram criados em casa para depois servirem de alimentação aos moradores.

Fazia parte da tradição daquelas pessoas criarem alguns animais domésticos para ajudar no sustento da família. Do outro lado do quintal havia uns porcos, quatro leitões que seguiam a mãe, fuçando aqui e ali à procura de alguma coisa para se alimentarem. Não que estivessem com fome, mas porcos são assim mesmo, chafurdam o tempo todo, mesmo que só para exercício de sua própria natureza.

Isabel acabara de passar o café e olhava para Fernando, estático ali no portal dos fundos, fitando o horizonte. Ela vivia ali desde que Fernando tinha seis anos; e ela, dez. Veio morar com os pais de Fernando depois que sua avó faleceu. Não chegara a conhecer seus pais. Sua mãe foi embora quando ela era pequenina e nunca mais teve notícias dela. Não sabia nada sobre seu pai e nem sua avó falava sobre isso. Na certidão de nascimento constava apenas o nome da mãe e dos avós.

Ela tinha sido uma menina magrinha, com cabelos longos e meio encaracolados. Tinha um olhar tristonho, como se estivesse esperando uma bronca ou como alguém que se sente culpado o tempo todo. Esse jeitinho cabreiro tinha a ver com as repreensões constantes que recebia de sua avó, que provavelmente sentia desgosto por causa da filha ter abandonado a neta e descontava essa raiva na inocente criança.

Então, quando a avó da menina ficou doente, os pais de Fernando ajudaram a cuidar da velhinha, pois seus parentes moravam em outra cidade e não podiam prestar-lhe assistência. Antes de falecer, a avó de Isabel pediu a Helena, mãe de Fernando, que cuidasse da menina.

Quando criança e também na adolescência, Isabel não recebia salário, sentindo-se parte da família. Usava as roupas que Helena comprava e, com o passar do tempo, passou a comprar suas próprias coisas com o dinheiro que ganhava fazendo pequenos serviços, como limpeza de casas na vizinhança. Agora, com trinta e oito anos, tinha maturidade suficiente para entender que Fernando estava muito angustiado, pressentia que algo importante se passava em sua cabeça.

Ele sempre fora muito atencioso, cumprimentava todos e tinha na ponta da língua uma palavra doce e carinhosa. Naquele final de tarde estava taciturno, envolto em uma névoa de pensamentos... Havia chegado a Pedra Azul seis meses antes, de forma inesperada, integrando-se à vida da cidade, e levava uma rotina normal.

Não tinha falado nada quando passou em casa, mais cedo, para almoçar. Saiu e voltou, e agora, no seu semblante, dava para perceber uma grande preocupação. Será que algo no trabalho estava indo mal? Será que o compromisso de mais à noite trazia tantas recordações que ele estava tenso e ansioso?

Isabel não sabia responder.

Depois de tanto tempo, parecia o mesmo rapaz de vinte anos antes, que tinha saído de casa cheio de sonhos e vontade de vencer. Mas ela sentia que alguma coisa estava machucando seu coração e nada podia fazer. Ficou ali observando silenciosamente, sem saber o que dizer:

— Fernando, o café está quente. Nós temos um compromisso e não podemos chegar atrasados. Sua mãe já está pronta.

Nenhuma palavra. Fernando não estava ouvindo. Parecia imerso em um mar de pensamentos e flutuava pelos anos passados.

Capítulo 1

A campainha soou estridente avisando que a hora do recreio tinha chegado. Era o momento mais esperado pelos alunos da Escola Municipal Florêncio Teixeira, uma das várias escolas municipais de Pedra Azul. A escola ficava perto da praça principal, em um prédio de cor amarelada. Tinha um pátio enorme, cheio de frondosas árvores, onde as crianças corriam e jogavam bola na hora do recreio.

A merenda era servida no hall principal, uma espécie de varanda, onde as filas enormes pareciam não acabar mais. Os alunos se empurravam para os lados, testando os limites uns dos outros. Os menores deveriam ter a preferência, mas ali não existia o politicamente correto, já que naquele momento eles estavam cada um por si e ninguém por todos. Uma algazarra terrível, que só era controlada quando a fila diminuía e eles saíam para comer, cada um com seu prato de sopa transbordando.

A coordenadora do colégio, uma senhora avantajada e de feições bastante duras, era famosa por não tolerar indisciplina, e os alunos tinham muito medo dela, com sua cara de zangada. Ela trabalhava na escola fazia alguns anos e adorava supervisionar pessoalmente a distribuição da sopa aos alunos. Recebia muitas doações de pessoas da comunidade, controlava tudo em um caderno encardido e rabiscado, mas sabia detalhadamente quem contribuía e o que eles davam.

Quando encontrava os pais nas reuniões da escola, fazia questão de agradecer pessoalmente as doações recebidas. Ficava em pé junto às merendeiras, que serviam cada aluno, de olho para ver se alguém aprontava. A sopa que era servida na escola muitas vezes era a única refeição decente para a maioria daqueles alunos.

Fernando, então com dezesseis anos, nas vésperas de completar dezessete, era o aluno mais velho naquela fila. Por ter de ajudar a mãe a cuidar dos irmãos menores, ele estava atrasado em seus estudos. Cursava o último ano do ensino médio, faltando apenas um semestre para concluir o curso e prestar vestibular para entrar na faculdade. Para isso, teria de ir para outra cidade, Goiabeiras, ou talvez para a capital. Na fila da merenda, ele sempre colocava os irmãos menores na frente e, como era o maior de todos, não havia confusão com os garotos.

* * *

Fernando tomava conta dos irmãos desde pequeno. Aos dez anos já trabalhava, pois faltavam coisas em casa e ele ajudava nas despesas com o pouco que ganhava. Começou fazendo bicos na oficina mecânica do bairro, depois foi ser entregador de pães na padaria da rua principal, até que encontrou um trabalho de ajudante com o Seu Horácio, proprietário do Supermercado Cristal. Aquele, sim, era um bom emprego. Recebia por semana e ainda ganhava algumas coisas de presente.

Ronaldo, o irmão mais novo, nasceu com horas de atraso. A parteira disse que faltou sangue no cérebro dele e que por isso seria meio abobalhado. Era calado, sensitivo e muito inteligente. Com doze anos, estudava na sexta série, porém ainda tinha alguma dificuldade em leitura e interpretação de texto. Em casa, todos se preocupavam com ele, procurando não o desagradar, pois quando isso acontecia ficava dias emburrado pelos cantos.

Fernando procurava mimá-lo com pequenos presentes, uma bala de chocolate, uma guloseima, sempre que voltava do supermercado. Tinha uma espécie de caderninho onde Seu Horácio anotava essas pequenas saídas de mercadorias do seu ajudante, para descontar no final do mês. Acontece que ele nunca descontava esses valores, pois sabia que Fernando trabalhava muito e ganhava pouco.

Júnior, o irmão do meio, era o mais calmo e metódico deles e tratava as coisas do dia a dia com um detalhamento impressionante. Ele arrumava o quarto e ajudava nas tarefas domésticas. Com catorze anos, cursava a oitava série do primeiro grau, fazia os deveres da escola com muito esmero e tirava as melhores notas. Era muito chegado ao pai e sempre que podia estava com ele, ouvindo suas histórias e contando alguma coisa do colégio. Na escola, sua ascendência sobre os colegas era visível e as respostas dadas às perguntas da professora guardavam correta coerência com o tema analisado.

A mãe, Helena, lavava e passava para fora. Ela vinha de uma família pobre, porém bastante unida. Os pais queriam que ela e as irmãs mais jovens estudassem e tivessem carreira de enfermeira ou de professora. Mas nenhuma conseguiu realizar o sonho. Logo veio uma doença e o pai de Helena faleceu. Foi um baque para elas, desestruturando a vida que tinham, e as meninas foram se casando e formando suas próprias famílias.

Helena incentivava os filhos a estudar e aprender uma profissão: carpinteiro, vendedor, coisas que "dessem dinheiro". Seu marido, Manoel, não tinha profissão definida, fazia um bico aqui, outro ali e nada era muito sustentável. Fernando pensava que um dia poderia ter o seu próprio mercadinho na cidade, atender os fregueses à sua maneira e ser alguém tão importante como ele imaginava ser o seu patrão.

Todas as pessoas do bairro o conheciam e, além do seu pequeno salário, levava algumas gorjetas para casa, o que melhorava o sustento da família.

* * *

Na fila da merenda, Fernando pensava que os amigos já deveriam estar esperando para a brincadeira de sempre no largo da igreja: uma partida de futebol no campinho de terra batida.

Terminada a aula, era aquela correria: levar os irmãos para casa e ainda encontrar os amigos da rua para aquela esperada peladinha antes do almoço. Ali, sim, Fernando se divertia. A bola era meio murcha, desgastada pelo chão batido daquele terreno baldio que ficava ao lado da igreja, cuja missa a mãe frequentava aos domingos de manhã, levando toda a família.

Capítulo 2

O município de Pedra Azul tinha uma extensão territorial muito grande, mas a cidade se desenvolveu lentamente. Depois de mais de oitenta anos de fundação, contava com cerca de 30 mil habitantes e quase todos se conheciam. A avenida principal era comprida e movimentada e ali se concentrava a vida comercial da cidade, com lojas de calçados, produtos agropecuários e pequenas mercearias.

Essa avenida cortava a cidade de leste a oeste, e era entrecortada por pequenas ruas transversais, que integravam toda a cidade. Os carros transitavam por uma via de mão dupla, dividida por um canteiro central, com as palmeiras crescendo como se formassem fila ao longo da rua. No cruzamento com outra avenida em sentido norte-sul ficava a praça central, onde as pessoas se encontravam para conversar. Se alguém quisesse saber das novidades, era só permanecer algum tempo sentado em algum banco da praça. Sempre aparecia um conhecido para atualizar os últimos acontecimentos.

A cerca de sessenta quilômetros de Pedra Azul, seguindo pela estrada estadual, ficava Goiabeiras, uma cidade de porte maior com seus oitenta mil habitantes, por onde passava a linha férrea e a estrada federal ligando a região com a capital do estado.

Cidade já bem mais desenvolvida, Goiabeiras era uma pequena metrópole para aquela região. Com características de uma cidade polo, as pessoas que residiam em cidades menores buscavam em Goiabeiras melhores recursos para atender às suas necessidades. Grandes lojas de eletrodomésticos, agências de órgãos do governo, tratamento médico especializado, tudo isso as pessoas procuravam na cidade grande.

Quando não encontravam o que precisavam ali, então o destino tinha de ser a capital.

Em Goiabeiras, existiam vários colégios, tanto públicos como particulares. O colégio das irmãs franciscanas, que funcionava em regime de internato, era muito conhecido na região e famoso pela disciplina com que as freiras tratavam seus internos, tanto rapazes quanto moças, como também um dos mais conceituados.

Muitas vezes as famílias mais abastadas enviavam seus filhos para estudarem no internato acreditando dar a eles um estudo de mais qualidade. Outras vezes, para isolar as filhas com relacionamentos não aprovados, alguns pais usavam da rigorosa disciplina e quase enclausuramento do colégio para "esfriar" as relações e fazer com que os envolvidos ficassem separados.

Quase sempre dava certo, pois os alunos internados ficavam normalmente até seis meses sem visitar os pais, e quando podiam sair, em feriados prolongados ou para alguma festividade na família, ficavam sob constante vigilância de algum parente designado para isso. Quando voltavam para o colégio, entravam novamente na rotina. Não atendiam telefonemas de pessoas não autorizadas pelos pais, as cartas eram censuradas e as visitas só eram permitidas para parentes muito próximos.

Quase um acampamento militar.

A capital, distante uns trezentos quilômetros, era apenas uma imagem na cabeça da maioria dos moradores de Pedra Azul. Poucos moradores já tinham se aventurado nessa viagem e na maioria das vezes que se deslocavam para lá era por problemas de saúde.

Capítulo 3

O largo onde os meninos jogavam bola ficava ao lado da igreja do bairro, comandada pelo padre Romano. O padre era alto e magro, com cara de poucos amigos, e brigava quando a bola batia nas janelas da igreja. Fora um grande sacrifício convencer a comunidade a instalar aquelas janelas com vitrais, que ajudavam na iluminação da igreja, além de serem muito bonitos. A campanha de arrecadação de fundos durou aproximadamente seis meses, com doações recolhidas nas missas de domingo. Então, o padre tinha muito cuidado com a manutenção desses vitrais, mas já perdera a conta de quantas vezes havia trocado os vidros quebrados, não só pela bola, mas também por pedras jogadas pelos moleques da rua.

Cada vidro que trocava era um desfalque nas pequenas economias do seu caixa, pois as doações da comunidade eram insuficientes para a manutenção da paróquia. Quando precisava complementar a receita do mês, o padre Romano fazia um pedido para a diocese regional em Goiabeiras.

O bispo atendia, não sem antes passar um sermão de mais de hora no padre, falando da necessidade de economizar, de viver com mais humildade, de cuidar das coisas de Deus com mais esmero. Mal sabia o bispo que as peraltices dos meninos é que colocavam o padre naquela situação vexaminosa.

Padre Romano era descendente de italianos, seus avós tinham vindo da Itália, logo após a Segunda Guerra Mundial, em busca de melhores dias no Brasil, como tantos outros "patrícios" que fizeram a mesma coisa. Para homenagear os avós, o pai de Romano tinha lhe dado esse nome. O padre conhecia todos os meninos daquele bairro e tinha um tempinho para cada um deles, mas os meninos eram ariscos com relação às coisas de Deus e preferiam brincar de bola, correr nas ruas, tomar banho no rio, em vez de estudar o catecismo.

O padre era muito querido e respeitado pelas famílias e convencia os meninos a estudarem o catecismo e fazer a primeira comunhão, e de vez em quando conseguia que alguns deles ficassem mais tempo na igreja e virassem coroinhas, uma espécie de ajudante da celebração da missa nos domingos.

Foi o caso do Fernando, que durante três anos ajudou o padre Romano nas celebrações, carregando o cálice sagrado, arrumando a mesa de oferendas com aquele grande manto que tinha uma cruz ao meio, com pequenas incrustações de pedras de cristal que, de longe, brilhavam e pareciam diamantes. Fernando trazia a caixinha contendo as hóstias sagradas e, quando o padre ia colocá-las na boca dos fiéis, o coroinha segurava uma bandeja para não deixar as hóstias caírem no chão.

Mas na verdade era tudo uma liturgia e Fernando gostava desse ofício. Sentia-se importante e respeitava muito as coisas sacras. Tinha verdadeira adoração pelos ensinamentos do padre Romano, porém o que ele mais gostava era o momento da consagração, quando podia bater o sininho de metal dourado que ficava ao lado da mesa de oferendas. Quase sempre batia mais vezes do que precisava. O padre olhava com aquele olhar furioso, mas no fundo gostava, pois o sino acordava aqueles mais sonolentos.

*　*　*

Naquele dia os meninos não apareceram para jogar futebol. Era uma segunda-feira e desde sábado Fernando não via nenhum deles. Algo parecia estar errado, mas Fernando não tinha como descobrir o que podia ter acontecido. Esperou os amigos por mais de meia hora e ninguém apareceu.

Como precisava comer alguma coisa e depois ir trabalhar, voltou para casa, pois não podia se atrasar um minuto sequer, senão Seu

Horácio iria reclamar a tarde toda, e ele não podia correr o risco de perder aquele emprego, pois ajudava muito nas despesas da família e ainda dava a Fernando certa independência financeira. Podia tomar sorvete com os irmãos, comprar algumas garrafas de guaraná quando saía com os amigos, enfim, era o sonho de muitos rapazes de sua idade ter um emprego desses em Pedra Azul.

Capítulo 4

Helena, a mãe dos garotos, era uma mulher muito batalhadora, cuidava de seus três filhos e ainda trabalhava para fora. Naqueles dias estava muito angustiada com o comportamento de seu marido. Manoel, ainda relativamente jovem, com quarenta e dois anos, não andava muito bem. Nunca tinha sido um homem forte, mas aparentava boa saúde. Ela sempre se preocupou com aquele cigarro de palha e com a falta de apetite.

Mas doente ele não ficava, e desde os tempos de juventude, aquela era sua aparência, nunca tinha visto Manoel de forma diferente. Magro, esguio, porém dotado de uma força impressionante. Consertava as coisas, fazia trabalhos braçais, construía casas e tudo que fosse preciso, sem nunca reclamar.

Manoel não era de comer muito. E mesmo aquelas comidas de que ele mais gostava, como frango ao molho acompanhado de angu de milho verde, ou aquela costelinha de carne de porco misturada com arroz, eram apreciadas com parcimônia. Nessas oportunidades, ele repetia o prato, mas sem exagero, parecia que a comida não descia muito bem em seu estômago.

E ainda havia aquela horrível mania de tomar pinga de três a quatro vezes por dia, coisa que ele trazia desde os tempos da juventude. Naquela época, esse hábito não fazia mal, porém com o tempo teria trazido muitos malefícios ao seu corpo, e deveria ser uma das razões para as dores e o mal-estar que estava sentindo.

A bebida nunca tinha sido um fator de preocupação no relacionamento dela com Manoel, pois ele jamais se embriagava. Ele bebia, mas controlava seus limites, e quando sentia que estava querendo passar da conta, parava de beber e buscava o caminho de casa. Dormia bastante, mas em relação à alimentação sempre deixou a desejar.

Helena notava há alguns meses que o apetite de Manoel diminuía cada vez mais. Naquele dia ela sentiu que alguma coisa não ia bem, pois ele não saiu cedo como sempre fazia. Ficou deitado e não falava nada. Helena se levantou, fez o café, deu as bolachas para os meninos e foi lavar roupas. Quando voltou ao quarto, Manoel ainda estava lá. Deitado e mudo, olhando para o teto.

— Que aconteceu, homem? Por que não se levantou ainda? Está sentindo alguma coisa?

Manoel virou-se. Meio pálido e com o olhar vazio fitava a mulher como se não a visse. Como não respondeu nada, Helena saiu e foi dar comida para as galinhas. Jogou um pouco de farelo de milho e algumas mandiocas para os porcos que estavam no cercado mais embaixo. Voltou ao quarto e, assim que entrou, Manoel falou:

— Mulher, eu estou com uma sensação ruim. Parece que meu estômago está derretendo. Doeu a noite toda e quase não preguei os olhos.

— É essa pinga que você bebe. E ainda não come direito... Tem que ir ao hospital para ver o que está acontecendo. Vou tentar marcar uma consulta para você — disse Helena com um tom de reprovação na voz.

— Está bem. Vamos esperar para ver o que se passa — respondeu Manoel, resignado.

— Manoel, você precisa fazer sua parte, tem muito tempo que venho falando que ficar sem comer direito... uma hora ia fazer mal pra você — falou Helena, desta vez com voz complacente.

— Eu sei disso, você sempre falou isso mesmo. Eu que sou indisciplinado, mas vamos resolver isso, vou tentar comer direito.

Helena foi até o hospital e conseguiu uma consulta para dali a quinze dias.

Capítulo 5

Enquanto cuidava do almoço, Helena pensava sobre quando conheceu Manoel. Dezoito anos antes, ela com seus dezessete anos e sem nunca ter namorado. O pai falecera havia uns meses e ela e as irmãs tinham parado de estudar, pois cada uma delas teria que trabalhar para ajudar no sustento da casa. Sonhava com muitas coisas desde criança, mas, vindo de família pobre e morando em uma cidade pequena, as oportunidades eram muito poucas para conseguir realizar seus desejos. Sabia que a realidade se impunha a cada dia, que precisava ajudar a mãe e as irmãs e que talvez nada do que ela queria poderia vir a acontecer um dia.

A mãe trabalhava muito e quase não tinha tempo para conversar com elas. Quando falava alguma coisa era de forma truncada e sempre reclamando das dificuldades. Por tudo que havia passado na vida, a mãe de Helena carregava algumas verdades sobre o destino das pessoas. Tudo que acontecia era por desígnio de Deus, então as coisas só mudavam se Deus quisesse.

Sua convicção era de que todos já nasciam com seu destino traçado e tinham de se conformar com isso. Ela acreditava que a vida delas já estava definida desde o início e era assim que deveria ser. Fora assim com seus pais e com seus avós, então seria assim também com elas.

Tudo que Helena sabia da vida era aquilo que aprendera com as irmãs no dia a dia, ouvindo as pessoas para quem trabalhava e na escola onde estudavam, e às vezes nas revistas, que folheava nas casas das pessoas mais ricas. Não podia reclamar de sua mãe, coitada, sempre preocupada em suprir as necessidades das filhas, principalmente depois da morte do marido. Sabia que a mãe queria o melhor para as filhas, e o melhor para ela seria um casamento com um rapaz honesto e trabalhador.

Helena queria mais: queria estudar, ser professora, enfermeira, mas isso estava ficando cada vez mais longe, pois precisava buscar uma forma de continuar em frente, diante de tantas dificuldades que se apresentavam.

Um dia, voltando do trabalho, passava por uma rua lateral à sua casa quando viu um rapaz trabalhando na construção de uma casa. Magro, moreno, mas com um sorriso iluminado, ele olhou para ela e a cumprimentou educadamente, sorrindo e fazendo um sinal com a cabeça. Ela ficou encantada, parecia que já o conhecia há muito tempo, mesmo sabendo que era a primeira vez que o via. A construção durou uns dois meses e foi tempo suficiente para eles se conhecerem e começarem a namorar.

Manoel propôs que eles fossem morar juntos, e seis meses depois de se conhecerem eles estavam dividindo o mesmo teto em um barracão de quarto, sala e banheiro. Dois anos depois nasceu Fernando, e logo conseguiram um lote perto de uma colina, num assentamento chamado Sol Nascente, feito pela prefeitura de Pedra Azul.

O novo bairro ficava a cerca de uns dois quilômetros de um riacho; e do outro lado avistava-se uma montanha com seu verde imponente, acessada por uma trilha que levava a um platô que as pessoas chamavam de mirante. De lá se podia apreciar o pôr do sol com uma visão do infinito, e muitas vezes, quando criança, Manoel levou Fernando para passear naquele local. Uma frondosa árvore dominava o mirante, trazendo muita paz e harmonia para aquele ponto da floresta.

No início, o bairro Sol Nascente ficava longe do centro da cidade, mas com o tempo ficou a apenas quinhentos metros da igreja do padre Romano, pois a cidade foi crescendo e aproximando as residências umas das outras. Manoel nunca conseguiu ganhar muito dinheiro, mas como era habilidoso e sabia muito de construção, foi fazendo a casa aos poucos e assim eles moravam em uma boa casa. Não luxuosa, mas confortável.

A casa possuía quatro quartos, sala e cozinha e uma área que dava para o quintal na parte dos fundos. O quarto de Isabel tinha uma porta dando acesso para a área externa, meio que independente. Ela gostava que fosse assim, pois podia ter maior liberdade. A cozinha era a parte que Helena mais gostava. Uma grande janela dava visão para o mirante e a porta dos fundos era emoldurada por uma linda vista do pôr do sol a cada entardecer.

Apesar de Helena entender que Manoel poderia ter dado mais conforto para a família, ela nunca exigiu dele uma vida melhor. Helena sabia que não havia homem igual: honesto, trabalhador e dedicado aos filhos. Apenas a vida tinha sido dura com ele, e vê-lo assim cabisbaixo e sofrido lhe trazia um pesar imenso e também um pressentimento horrível. Já fazia uns três meses que ela notava o rosto crispado e sofrido do marido. Sinal de que alguma coisa não ia bem.

Procurou afastar os pensamentos negativos e se concentrou nas tarefas domésticas. Manoel se levantou e, apesar de não estar bem, foi cuidar de algumas coisas pela cidade.

Capítulo 6

A tarde no supermercado passou rapidamente. Fernando fez várias entregas e a bicicleta do Seu Horácio demonstrou, mais uma vez, que estava precisando ser aposentada. A corrente caiu umas quatro vezes, obrigando Fernando a empurrar para conseguir entregar as compras. Mas isso não era novidade. Acontecia sempre. Fernando estava preocupado com o acontecimento da manhã. Seus amigos não tinham aparecido, e não era costume se atrasarem, muito menos não aparecerem. Quando saísse, às seis horas, passaria na casa do Dudu para saber o que tinha acontecido.

— Fernando, tudo bem? — Aquele cumprimento trouxe-o de volta à realidade.

— Oi, tudo bem, Larissa. Você está precisando de alguma coisa? — disse Fernando meio sem jeito.

— Não, obrigada. Vim buscar um pacote de farinha de trigo para minha vó. Ela vai fazer bolo de laranja — respondeu ela com um sorriso.

— Está bem. Se precisar de alguma coisa é só falar.

— Ok, obrigada.

Larissa era a menina mais linda que Fernando conhecia. Tinha dezesseis anos, altura mediana, morena clara, cabelos castanhos escuros e longos, caindo pelas costas. Fernando a conhecia da escola, e desde que a viu não mais a esqueceu. Sabia que ela morava com os pais. Seu pai, Alberto, era fazendeiro muito respeitado, que criava gado na região do Buritizeiro, uns quarenta quilômetros de distância da cidade.

As pessoas diziam que era um homem muito rico, porém ele tinha um jeito bastante cortês, sem nenhuma arrogância. Tratava todos de forma bastante amigável e cultivava uma amizade sólida na cidade. Era amigo do prefeito e uma vez tinha se candidatado a presidente do sindicato rural, fazendo uma excelente administração. Todos queriam que ele ficasse quantos mandatos quisesse, mas Alberto não era dotado para política, nem mesmo classista, então preferia ficar no conselho da entidade, deixando o dia a dia para outros. Já fizera a sua parte.

Larissa era sua única filha, por quem ele tinha verdadeira adoração. Ela se parecia mais com a mãe, que trazia certa descendência árabe, herdada dos avós paternos, mas o jeito carinhoso e o sorriso franco eram características do pai.

Raquel, a mãe de Larissa, era muita rigorosa. Católica fervorosa, não faltava à missa aos domingos, chegando sempre acompanhada da filha e do marido. Tratava Larissa como se ela nunca tivesse crescido, sempre controlando seus passos. Queria saber com quem saía, por onde andava, e que horas voltaria para casa. Quando a filha chegava, sempre na hora marcada, lá estava ela, na sala, esperando antes de dormir.

Raquel casou-se com Alberto quando ela tinha vinte anos. Eles namoravam havia bastante tempo, desde que ela fizera dezessete anos e todos na família faziam gosto pelo casamento. Seria uma festa linda, não fosse aquele acidente terrível entre Goiabeiras e Pedra Azul. O pai de Raquel estava ao volante, chovia muito e ele perdeu o controle do carro, que capotou em uma ribanceira, ficando preso às ferragens. Quando o socorro chegou ele foi levado para o hospital, vindo a falecer algumas horas depois. Sua mãe, Telma, foi arremessada para fora do carro. Quebrou um braço, luxou algumas costelas e teve um hematoma na cabeça, mas por incrível que pareça, não sofreu nenhum dano mais grave. Apesar da tragédia o casamento aconteceu, porém sem nenhuma festividade.

As pessoas da cidade notavam em Raquel certo ar de superioridade, principalmente em suas atitudes. Suas roupas, as prendas que arrematava nas quermesses da igreja, as reuniões das senhoras da sociedade, suas posições eram de grande destaque. Padre Romano gostava desse comportamento, pois sempre que precisava de ajuda para suas ações sociais recorria à liderança de Raquel.

Mas, no fundo, ela era uma boa pessoa. Apenas zelosa com suas coisas, com opiniões bastante fortes, principalmente para proteger a sua família, e com suas convicções. Raquel estudou no colégio das irmãs franciscanas em Goiabeiras, e conhecia a irmã Glória, superiora de quem se tornara amiga. Sempre que viajava a Goiabeiras para comprar roupas e perfumes fazia questão de visitá-la.

Raquel depositava em Larissa todos os seus sonhos. Queria que ela estudasse música, que fosse conhecida pelos seus talentos e aos dezoito ou vinte anos se casasse com alguém rico e bonito da capital. Se fosse um médico, seria o melhor dos mundos, mas também poderia ser um advogado, um dono de alguma propriedade, enfim, alguém que pudesse dar a ela tudo aquilo que eles proporcionavam.

Ela não imaginava a filha se casando com um rapaz pobre e sem condições financeiras. Não que ela tivesse algum preconceito contra as pessoas mais pobres, mas queria para sua filha o melhor que ela pudesse conseguir. Isso realmente ela queria.

A avó de Larissa, dona Telma, que todos carinhosamente chamavam de Vó Tica, era um contraponto à filha. Era totalmente contrária à forma como Raquel tratava Larissa. Ela era sempre muito exigente, controlava as pessoas com quem a menina poderia se encontrar, um tormento diário na vida da pequena neta.

Por essa razão, a avó era sua melhor companhia. Além de sua confidente, Larissa tinha nela um porto seguro para suas angústias e preocupações. Vó Tica morava com a família desde que tinha ficado viúva naquele terrível acidente na véspera do casamento de Raquel, e dava-se muito bem com seu genro Alberto, não havendo conflito nenhum entre eles.

Capítulo 7

Desde quando tinha visto Fernando pela primeira vez, no pátio da escola, jogando *handball*, Larissa tinha ficado encantada com o rapaz. Seu coração bateu forte, seus olhos não desgrudavam daquela figura tão interessante. Larissa e a amiga Camila estavam assistindo ao jogo dos meninos, e ela perguntou:

— Quem é aquele rapaz moreno, o maior de todos? Você o conhece, Camila? Sabe quem é?

— Aquele é o Fernando, ele mora no setor Sol Nascente e tem mais dois irmãos que estudam aqui. É o rapaz mais bonito da escola — respondeu Camila.

— Nossa! Como ele é lindo, amiga!

— Está interessada? Pelo que sei, ele não dá bola pra ninguém. Parece meio metido, mas no fundo acho que é bastante tímido — falou Camila em tom de brincadeira.

— É muito interessante — disse Larissa. Tinha ficado verdadeiramente impressionada com o rapaz.

As duas amigas continuaram conversando e Larissa foi para casa com aquele pensamento na cabeça. Não conseguia deixar de pensar naquele rapaz lindo e moreno que tinha visto no colégio. Ficou sabendo que ele trabalhava no Supermercado Cristal, de propriedade do Seu Horácio, na subida da rua principal.

Sempre que podia, dava um jeito de passar no supermercado para comprar alguma coisa, simplesmente para ter a oportunidade de encontrar Fernando. Quase nunca ele estava no supermercado, mas nas vezes em que o encontrava era como se uma chama quente queimasse todo o seu interior.

Certa vez, em uma de suas idas ao supermercado, tiveram oportunidade de conversar, e Larissa lhe contou que morava com os pais, que a avó era sua melhor amiga, mas que a mãe era muito exigente e sempre controlava seus passos. Fernando tinha vontade de falar como ele se sentia atraído por ela, mas toda vez que ele se animava, a timidez não deixava o assunto ir em frente.

Em outra oportunidade, eles se encontraram na quermesse da igreja do padre Romano. Ela usava um vestido de chita e um laço vermelho e era a moça mais linda da festa. Cumprimentou Fernando com um lindo sorriso e se misturou na multidão. Ele ficou um tempo paralisado, como se tivesse visto uma miragem e, cada vez mais, tinha certeza de que estava completamente apaixonado por Larissa.

Mas como dizer isso? Como falar para uma moça bonita, inteligente, filha de pais ricos, que ele, um pobretão, queria namorá-la? Carregava esse dilema todos os dias e cada vez mais se sentia impelido a compartilhar com Larissa esse sentimento. Com certeza, chegaria a hora em que eles teriam que conversar.

Capítulo 8

No fim da tarde, saindo do trabalho, Fernando seguia pensativo, imaginando por que os meninos não tinham aparecido para jogar futebol no largo da igreja. Eram cinco colegas que sempre brincavam de bola desde que se conheceram alguns anos antes. Dois irmãos, Jairo e Quinzinho, que estudavam no mesmo colégio, e os primos Carlinhos e Dudu, que frequentavam a escola do bairro onde moravam. A turma se completava com o *Charada*, que ninguém sabia por que tinha esse nome.

Certamente era um apelido de infância, talvez porque tivesse nascido sorrindo, ou quem sabe porque gostava de piadas. A verdade é que o Charada vivia com um grande sorriso nos lábios, os colegas até perguntavam do que ele estava sempre rindo, e ele ria cada vez mais, mesmo que não tivesse motivo para isso.

Todos moravam no mesmo bairro, apenas algumas ruas separavam suas casas, por isso andavam quase sempre juntos.

Naquele tempo as crianças e os adolescentes brincavam de forma diferente do que acontece hoje. Viviam grandes aventuras nos quintais das casas, nas ruas de terra batida e nas praças das igrejas. Apostavam corrida, fabricavam os carrinhos de rolimã e disputavam campeonatos de bolinha de gude.

Uma das brincadeiras de que mais gostavam era jogar taco. O jogo, muito popular entre os adolescentes, acontecia normalmente em ruas pouco movimentadas, nas praças ou terrenos baldios. Consistia basicamente de dois times, cada um com dois integrantes. Um time jogava a bola tentando derrubar uma pequena armação, normalmente feita de gravetos ou palitos de sorvete, o outro time rebatia, tentando evitar isso. Quando o rebatedor conseguia acertar a bola, os dois rebatedores trocavam de lado, cruzando os tacos no meio do caminho, e aí o ponto era marcado. Quando aquele que jogava a bola conseguia derrubar a armação (chamada de casa), então os jogadores trocavam de função. Quem rebatia passava a lançar a bola, e vice-versa. Às vezes passavam horas nessa brincadeira e acabavam totalmente exaustos.

Uma vez, nadando em um riacho distante uns dois quilômetros do bairro onde moravam, tinham passado um aperto danado. Estavam se jogando do barranco, num poço, formado pela queda de algumas árvores, em que a água se acumulava com maior volume. Não era tão profundo, mas para os meninos era uma aventura e tanto. Todas as vezes que iam ao riacho, Fernando sentia-se livre, correndo e pulando daquele barranco. Numa dessas idas escorregou e bateu contra a parede do poço, ficando tonto e sem reação.

Os meninos ficaram sem ação por uns minutos, porém Charada não teve medo. Saltou na água e puxou Fernando pelos braços até a margem. Não tinha sido nada grave, mas podia ter se afogado. Uma brincadeira que poderia ter virado uma tragédia, por isso, sempre que ele se lembrava do Charada era com muito carinho.

Na ocasião, Charada acompanhou Fernando até sua casa para ver a reação de dona Helena; mas, por incrível que pareça, naquele dia ela não ficou nervosa por eles terem demorado mais de duas horas. Estava absorta em seus pensamentos e nem se manifestou. Melhor assim, não teriam que dar muitas explicações.

Charada era um moleque muito especial. Chegara com os pais e os irmãos mais novos uns dois anos antes ao setor Sol Nascente e viviam de pequenos serviços na vizinhança. Ele era o mais velho de quatro irmãos e ajudava o pai nos pequenos serviços que ele conseguia: arrumar um vazamento, consertar um muro, fazer uma calçada, e até então não tinha ido para a escola. Encontravam-se no largo da igreja para brincar, jogar futebol ou ir nadar no rio. De todos os colegas que jogavam, era o melhor no futebol, e nunca reclamava das entradas mais duras, sempre com o largo sorriso nos lábios.

Fernando encontrou Dudu, que estava sozinho em casa, sentado em um banco, meio caladão. Carlinhos, seu irmão mais novo, não estava lá. Fernando sentou-se ao lado do amigo e perguntou o que estava acontecendo. Por que não tinham ido para o largo da igreja jogar bola.

— É o Charada — disse Dudu

— O que aconteceu com ele? — perguntou Fernando.

— Está com febre alta desde sábado. Por isso não fomos jogar. Nós fomos lá chamar, mas a mãe dele disse que ele estava fraco, que não tinha se levantado. Tão passando uns remédios nele, dando um chá pra ver se passa — explicou Dudu.

— E o Carlinhos, tá onde? — perguntou Fernando.

— Foi ajudar o pai no serviço do muro da dona Margarida. Ela tava desesperada com os bodes do Seu Tatá entrando lá e comendo as folhagens da horta.

— Entendi.

Fernando ficou pensativo. Depois se levantou e, dirigindo-se ao Dudu, falou:

— Vou lá na casa do Charada. Quer vir comigo?

— Vamos sim — respondeu Dudu.

Levantaram-se e foram caminhando em silêncio. Não sabiam o que falar. Nunca tinham ouvido falar de doença que não deixava um menino jogar bola. Febre, gripe, tosse, isso era coisa corriqueira que dava um mal-estar passageiro, tomavam um chá e logo depois estavam bem. Isso de ficar doente sem poder sair era novidade. E muito triste também.

Chegaram à casa do Charada e foram entrando. Ele estava deitado na cama, num quarto simples, muito limpo e iluminado. Era a primeira vez que Fernando entrava na casa dele. Charada recebeu os amigos com um sorriso, mas parecia triste. Falava meio cansado e bem baixinho. Conversaram um pouco e combinaram de jogar futebol no sábado. Mal sabia Fernando que isso jamais voltaria a acontecer.

Capítulo 9

Certa tarde, na véspera da estreia do Circo Monumental, que chegara à cidade três dias antes, Fernando encontrou Larissa observando os preparativos finais para a esperada apresentação das dezenove horas. Quando a encontrou, ela estava conversando com Camila, as duas trocavam ideias sobre os espetáculos anunciados: palhaços, malabaristas, animais amestrados, os anões equilibristas e muitas outras novidades. De ano em ano o circo passava pela cidade, trazendo sempre uma nova atração. Desta feita, o número mais esperado era o do elefante equilibrista.

Diziam os anúncios no alto-falante que o elefante equilibrava uma bola em sua tromba, jogava para cima com um cabeceio e depois recebia a bola na tromba sem que ela caísse no chão. Larissa duvidava dessa propaganda, pois o elefante era muito pesado, e para jogar e manter esse equilíbrio era preciso muita agilidade. Mesmo sabendo que poderia ser uma mentira, o espetáculo tinha potencial para atrair muita gente.

As pessoas estavam ali para se divertir, não para checar se aquilo que anunciavam era verdade. Afinal, era um circo, e tudo era um grande espetáculo. Quem vai ao circo que tem animais em suas exibições quase nunca percebe a realidade por trás do espetáculo. O sofrimento que esses animais passam ao longo de suas vidas dentro do circo chega a ser superior ao de um animal abandonado. Por trás de um urso batendo palmas, de um macaco vestido pedalando uma bicicleta ou de um elefante se equilibrando em uma pata só se esconde toda uma série de torturas abomináveis que transformam esses animais em meros fantoches de seus domadores, que travestem suas covardias para com esses animais como se fossem "bravuras", ao enfiar a cabeça dentro de suas bocas ou obrigá-los a se ajoelhar defronte à plateia. Todos achavam muita graça sem entender que aquilo era um sofrimento impensável para os animais.

Fernando aproximou-se devagarinho. Quando Larissa percebeu, ele já estava a poucos metros. Cumprimentou-o com um sorriso tão franco, que parecia um raio de sol naquela tarde ensolarada.

— Olá, meninas, vocês vão para o espetáculo logo mais à noite? — perguntou Fernando.

— Queremos ir, sim — respondeu Camila. — Você vai?

— Ainda não sei — respondeu Fernando. — Tenho umas coisas para fazer, mas pode ser que sim.

— Tomara que você possa vir. Vai ser muito legal — disse Camila.

Larissa estava calada, ouvindo a amiga conversar com Fernando. Seu coração batia em ritmo acelerado, suas mãos suavam. Nunca sentira isso antes. Estava apaixonada e isso era muito bom. Só não tinha a menor noção de como se comportar. Sentia vontade de pular no pescoço de Fernando e cobri-lo de beijos, mas esperava que ele tomasse a iniciativa de beijá-la, pois nunca teria coragem de fazer o que o seu coração pedia. Somente uma vez tinha sido beijada, mas fora tão rápido que parecia nem ter acontecido.

Como era complicada aquela situação. Como podia alguém se apaixonar, querer loucamente ficar com a outra pessoa, e não saber como agir nesses momentos? Estavam ali muito perto e ela não sabia o que falar.

Fernando parecia compartilhar as mesmas dúvidas. Falava com Camila, mas na verdade queria falar com Larissa. Porém, não sabia como se expressar. Combinaram então que iriam se encontrar na primeira sessão às dezenove horas para assistirem ao espetáculo juntos.

Um pouco antes do início da sessão do Circo Monumental, as bilheterias foram abertas, as pessoas fizeram uma longa fila para comprar os ingressos e tomar seus lugares nas grandes arquibancadas montadas em volta do picadeiro, o lugar onde tudo aconteceria. Graças à forma circular da arquibancada, todos podiam ter uma boa visão das apresentações, independentemente do local onde estivessem sentados.

Grandes cordas desciam da estrutura que segurava a lona, entrelaçando-se com postes de madeira fincados no terreno de chão batido. Tudo era muito improvisado, mas os artistas mambembes tinham se especializado em montar esses grandes picadeiros, fazendo inveja a muitos construtores renomados. Era uma especialidade deles, repassada de pais para filhos durante longos e longos anos de apresentação.

Os três compraram os ingressos e buscaram um local bem próximo da arena central para terem uma visão melhor do espetáculo. Como o local era muito aberto, a acústica não era boa, por isso muitas coisas que falavam no centro da tenda não eram entendidas pelas pessoas. Às vezes falavam expressões em espanhol, de forma rústica, mas as pessoas achavam isso maravilhoso, afinal, não entendiam nada mesmo. O que valia era a forma, a plástica, enfim, o conjunto da obra.

Fernando comprou três saquinhos de pipoca e foram degustando enquanto entravam no circo. Larissa sentou-se entre ele e Camila, e durante o espetáculo estiveram sempre muito próximos. A cada expressão de espanto, com o malabarismo dos personagens, Larissa tocava Fernando de forma muito carinhosa, e várias vezes estiveram tão próximos que podiam sentir a respiração um do outro.

Foi a noite mais linda de suas vidas. Suas mãos se entrelaçaram e ficaram assim por um longo período. Larissa encostou sua cabeça no ombro de Fernando e sentiu-se a garota mais feliz do mundo. Seu coração bateu acelerado, mas agora de uma forma constante e segura, sabendo que estava realizando um desejo muito esperado.

Fernando não falou quase nada, apenas curtiu aquele momento sublime, onde todos os seus sonhos estavam se materializando. Queria abraçá-la, beijá-la e poder sentir seu corpo junto ao dela, realizar as coisas apenas sonhadas e que suas palavras não poderiam jamais descrever.

Camila observava tudo com muito carinho, pois sabia o quanto a amiga gostava daquele rapaz. Sempre conversavam e Larissa dizia como esperava por aquele momento, como tinha vontade de abraçar Fernando, beijá-lo e dizer o quanto o amava...

Fernando acompanhou Larissa até a casa dela, depois que se separaram de Camila. Chegando ao portão ele pegou suas mãos e segurou carinhosamente. Abraçou-a e ela sentiu todo o seu corpo estremecer, seus olhos cerraram-se e a emoção tomou conta daquele momento mágico. Fernando roçou carinhosamente seus lábios e ela sentiu uma sensação nunca antes experimentada. Sua boca recebeu aquele beijo com um calor intenso e envolvente como se houvesse um vulcão explodindo em todo o seu interior.

No caminho para casa, Fernando flutuava, ouvia passarinhos cantando, mesmo sabendo que todos estavam dormindo naquela hora, ouvia o sussurrar do seu coração, dizendo-lhe que aquilo era amor e que duraria para sempre...

No outro dia, logo de manhã acordou e caminhou silenciosamente até o alto da colina, sentou-se debaixo daquela frondosa árvore que dominava o ambiente e rezou silenciosamente. Na verdade não falava nada, nem sabia mesmo o que falar. Sua oração foi um silêncio obsequioso, contemplando o horizonte, e pensando que era o rapaz mais feliz do mundo naquele momento. Depois de um tempo em silêncio desceu do mirante, chegou até a casa, pegou suas coisas e foi trabalhar. Não tinha aula naquele dia, pois era domingo, e o supermercado só abria até meio-dia.

Capítulo 10

Duas semanas que demoraram muito a passar. A consulta com o médico do hospital não trouxe boas notícias para Manoel. Ele chegou às quatorze horas, meio desconfiado, e sentou-se para esperar o chamado da secretária. Quando seu nome foi anunciado levantou-se e entrou no consultório.

— Boa tarde, Seu Manoel. O que o senhor está sentindo? — perguntou o médico.

— Falta de apetite, dor na barriga, nas costas e fraqueza — disse Manoel meio sem jeito.

— Vamos ver. Deite-se aqui nesta maca, por favor — pediu o médico.

Manoel deitou-se na maca localizada em um canto do consultório e o médico começou a examinar. Depois de algumas avaliações pediu um exame de sangue, um raio-X do tórax e encerrou a consulta. Disse para Manoel voltar no outro dia à tarde, no mesmo horário, para receber o diagnóstico.

Às dezessete horas daquele mesmo dia, o doutor foi à casa do Charada. A família não conseguiu levá-lo ao hospital, e quando o caso era grave o médico às vezes atendia em casa. O menino estava muito pálido, tinha vomitado algumas vezes e sentia muita fraqueza. O médico avaliou, olhou as pálpebras, abriu a boca do Charada e pediu um exame de sangue apenas para confirmar. O quadro era de anemia profunda, coisa grave, talvez sem solução. Mas para ter certeza, pediu o exame.

A notícia da doença do Charada foi um baque para Fernando. Pensava que fosse algo passageiro, mas parecia muito sério. Ele ficou triste, mas acreditava que o amigo iria melhorar.

Na terça feira à tarde, por volta das quatorze horas, Manoel estava novamente no consultório médico. Como da outra vez, Helena estava com ele, muito apreensiva. O médico pegou os exames, deu uma olhada e falou francamente:

— Seu Manoel, o senhor tem sintomas de algo bastante grave. Somente na capital pode haver uma confirmação. Seu fígado está muito prejudicado, tem um inchaço bem relevante. Vou dar um encaminhamento para o senhor procurar o hospital geral na capital. Eu não posso fazer mais nada por aqui. Na capital eles têm mais tecnologia e poderão dar um diagnóstico mais apurado.

Foi um choque para Helena. O mundo desabou sobre sua cabeça. Não imaginava como iria enfrentar essa nova frente de luta agora. Já não bastassem as dificuldades do dia a dia, agora tinha esse outro desafio, buscar tratamento na capital onde não conhecia ninguém. Mas ela era forte e acreditava em Deus. Tudo se ajeitaria da melhor forma. De volta para casa chamou Isabel, sua fiel companheira, e disse:

— Isabel, eu terei que levar o Manoel para tratamento na capital. Você vai cuidar dos meninos. Não deixe as coisas desandarem. Conto com você.

— Pode deixar, dona Helena, eu cuido de tudo. Mas Seu Manoel está com doença ruim? — perguntou Isabel.

— Não sabemos ainda, mas assim que ele fizer outros exames vamos saber — respondeu Helena. — Vou ter que levar Fernando comigo. Não conseguirei cuidar disso sozinha na capital — completou.

Capítulo 11

Helena conseguiu com o prefeito de Pedra Azul, um antigo conhecido, ajuda para o deslocamento dela com Manoel e Fernando. Ele também reservou para a família uma acomodação na casa de apoio que a prefeitura mantinha na capital. Tudo muito precário, mas, dentro das possibilidades, era o melhor que poderia conseguir.

O transporte da prefeitura parou na porta de sua casa na hora combinada, enquanto os pensamentos de Fernando vagavam pela imensidão do cérebro. Entrou quase automaticamente no carro, acomodou seu pai e sua mãe e, cinco horas depois, estavam chegando à capital para iniciar o tratamento. A casa de apoio ficava perto do hospital, então podiam ir e voltar a pé, o que facilitava as coisas. Manoel foi internado em uma enfermaria com mais quinze pacientes de diversas partes do estado, e com diferentes males a serem tratados. Muita gente, mas tudo muito limpo e organizado.

O hospital era um prédio grande, de dois andares, cheio de gente correndo para todo lado. Na frente, um estacionamento abrigava os carros, e na entrada uma recepção fazia a triagem das pessoas que chegavam. As janelas dos quartos davam para um pátio interno, com frondosas árvores e jardins. Uma pena que ficassem quase sempre fechadas para evitar a poeira e entrada de insetos, porque isso poderia afetar a saúde dos pacientes.

A cada minuto chegava uma ambulância com pessoas doentes, as sirenes ligadas e os paramédicos com seus uniformes alaranjados e tarjas brancas, usando luvas e máscaras no rosto. Chegavam de toda parte do estado e com todo tipo de necessidade. Uns feridos de acidentes, outros com doenças crônicas, e todos, sem exceção, tinham dificuldades para encontrar uma solução. Eram muitos doentes para poucos médicos, para poucos enfermeiros. Mas as pessoas não perdiam a calma. Parece que eram treinadas para sorrir e para dar conforto.

Fernando ficava com o pai durante o dia, e a mãe preferia passar a noite com Manoel, pois assim ele podia dormir com mais tranquilidade. Fizeram muitos exames, e depois de uns quinze dias saiu o resultado: Manoel havia desenvolvido uma cirrose hepática, do tipo mais agressivo, e teria que começar a ser medicado imediatamente.

O tratamento era longo, no mínimo seis meses; mas a cura definitiva viria somente com transplante de fígado, o que levava a solução para uma esfera muito mais complicada. O procedimento era entrar na fila e esperar por um doador compatível. Existia toda uma legislação federal para esse tipo de tratamento e teriam que obedecer aos procedimentos estabelecidos.

Fernando pensava que jamais imaginara ver seu pai naquela situação. Sabia que ele não era um super-homem, mas também não pensava que ele pudesse adoecer assim de repente. Ele nunca reclamava de nada, sempre acreditando que as coisas iriam melhorar.

Recordava-se de suas conversas com o pai, cada vez mais curtas. Mas agora, com essa doença, ele sentia como se tivesse deixado de falar muitas coisas, olhava para o pai tão fragilizado em um hospital da capital, longe da família e dos amigos. Isso era uma coisa que ele não esperava.

Fernando tinha muito orgulho do pai e desde pequeno ouvia seus conselhos com muita atenção. Manoel falava das dificuldades que teve na vida, mas dizia para Fernando que ele deveria buscar o crescimento, lutar pelos seus sonhos e nunca desistir. Quantas vezes ficava longo tempo deitado antes de dormir pensando nas palavras de seu pai.

Fernando se preocupava também com o dia a dia dos irmãos, mesmo sabendo que Isabel estava cuidando deles, mas na escola estariam sozinhos e sem o apoio que ele sempre dava. Pensava em tudo aquilo, mas ele sabia que teria que se sacrificar para ajudar a mãe a cuidar de seu pai naquele momento. Lembrou-se de quando se despediu de Larissa e disse que em breve voltaria.

Saiu com o coração apertado, uma vontade de chorar. Antes de partir já sentia saudades de tudo que não puderam viver, do sorriso iluminado dela, do seu perfume que sentira por tão pouco tempo, mas que tinha guardado para sempre.

Capítulo 12

As luzes da cidade grande eram muito bonitas, nunca se apagavam e tinham cores diferentes para todo o lado, os letreiros das lojas piscavam o tempo todo e grandes painéis de *neon* ofuscavam os olhos com suas cores brilhantes. Os prédios altos, as ruas largas, os carros em alta velocidade, tudo se tornava uma grande aglomeração urbana, mas, incrivelmente, muito organizado.

O calor insuportável tomava conta do dia logo que amanhecia. O vento que soprava era quente e abafado, e o sol batia nas empenas dos prédios, se confundindo com as luzes da cidade, fazendo parecer que nunca ia anoitecer. Fernando se sentia um peixe fora d'água, chegou a ter falta de ar, seu coração palpitava, mas procurou controlar a ansiedade, pois teria que seguir em frente. Passava o dia no hospital, e aquilo foi se tornando parte de sua rotina.

Como era diferente de Pedra Azul, cidade pequena, com suas ruas cheias de buracos, outras de chão batido, que faziam poeira na época da seca e muita lama no tempo das chuvas. Em Pedra Azul tudo era calmo, o tempo não passava, as pessoas sentavam-se na porta das casas todas as tardes para ver as outras passarem. Alguém sempre tinha uma história nova para contar, uma notícia para dar sobre um menino que acabara de nascer, sobre a gravidez de outra moça, tudo se fazia e tudo se sabia.

Depois de dois meses ele já estava integrado no dia a dia da cidade grande. Não que conhecesse toda a cidade, pois seu trajeto não ia além de quatro quilômetros quadrados, mas já havia se acostumado com o barulho das sirenes, dos carros e também com o burburinho das pessoas indo e vindo. Chegava a pensar, às vezes, que aquilo já era parte de sua vida há muito mais tempo.

Helena teve de voltar para casa, pois Isabel dissera ao telefone que as coisas estavam muito complicadas, e isso lhe trouxe muita preocupação. Ronaldo teve problemas na escola, o dinheiro também estava curto, então ela precisava trabalhar para que as coisas voltassem ao normal, pois a família já estava passando por dificuldades, vivendo de favores dos vizinhos e da ajuda da prefeitura. A doença de Manoel não evoluiu, mas a solução definitiva só viria com um transplante de fígado e eles nem sabiam como isso funcionava.

Uma assistente social estava cuidando da papelada para incluir o nome de Manoel no cadastro nacional de transplante de fígado, mas no fundo era um assunto complicado para ela. Coisa muito difícil, diziam os enfermeiros. O médico não falava quase nada, apenas dizia que estava fazendo o possível para que as coisas melhorassem.

Helena combinou com Fernando de ele ficar com o pai e assim ela iria tentar ajeitar as coisas em Pedra Azul. Manoel havia recebido alta do hospital, e estavam ficando na casa de apoio. Três vezes por semana deveria voltar ao ambulatório para receber tratamento através de aplicação de remédio por meio intravenoso. Fernando sempre o acompanhava nessas sessões de tratamento.

Helena chegou a Pedra Azul dois meses depois daquela viagem inesperada e difícil. A cidade parecia diferente, mas no fundo ela sabia que tudo estava do mesmo jeito. Quem havia mudado era ela, sua vida estava de ponta-cabeça. Manoel estava doente e em tratamento na capital, seu primogênito Fernando estava longe, sozinho, acompanhando o pai, e os outros haviam ficado em casa na companhia de Isabel.

Fernando estava fora da escola mais uma vez, precisou largar o emprego de que ele tanto gostava, e de uma hora para outra seu menino tinha virado homem, da forma mais cruel que podia acontecer, enfrentando as adversidades da vida sem estar preparado.

Ia ter de aprender no dia a dia. Helena não sabia como as coisas estavam em casa, pois Isabel havia ligado apenas uma vez e a conversa fora muito rápida. As ligações telefônicas eram caras e eles tinham de falar ao telefone somente o estritamente necessário. Isabel contou das dificuldades e de como Ronaldo estava arredio, não comia direito, não falava nada e na escola já tinha praticamente perdido o ano.

    Era começo de outubro, um sol escaldante e um calor abafado tomavam conta da cidade. Helena desceu do ônibus na rodoviária e não encontrou nenhum conhecido. Foi caminhando para casa imersa em seus pensamentos. Isabel estava lavando as louças do almoço e os meninos na sala tentavam montar um quebra-cabeça. Quando viram a mãe se levantaram e vieram ao seu encontro. Helena os abraçou e somente aí deu vazão aos seus sentimentos. Chorou silenciosamente abraçada aos filhos.

Capítulo 13

Charada estava em tratamento médico já fazia duas semanas, porém seu quadro não evoluía suficientemente. Menino peralta, sempre tinha um sorriso pronto nos lábios para tudo que aparecia na sua frente. Nunca deixava que a tristeza chegasse perto; na verdade, para ele tudo era alegria.

Entretanto, naquelas semanas após o diagnóstico da doença, ele sentia que parte de sua alegria estava indo embora. O sorriso era meio torto, sentia dores e muita vontade de vomitar toda vez que comia alguma coisa. Os medicamentos receitados pelo médico podiam estar combatendo o mal principal, mas causavam efeito colateral deixando seu organismo enfraquecido e com um mal-estar geral. Quando tentava andar pelo corredor do hospital, o cansaço tomava conta de todo seu corpo. As pernas doíam e não conseguia manter-se em pé por muito tempo.

Os colegas tinham desaparecido quase totalmente. Apenas o Dudu às vezes vinha visitá-lo, e quando isso acontecia falavam dos outros amigos e das brincadeiras que agora eram apenas lembranças. Charada perguntava por Fernando, onde ele se encontrava, o que estava fazendo, e Dudu lhe contava que ele acompanhava o pai no tratamento de uma doença muito complicada na capital.

Depois da terceira semana internado no hospital, as coisas não davam sinais de melhora. Charada sentia-se cada vez mais fraco, não respondia aos tratamentos nem aos remédios aplicados pelas enfermeiras. Sua mãe ficava o tempo todo ao seu lado, segurando suas mãos, sem saber o que fazer para mudar aquela situação. Uma tristeza imensa sangrava seu coração.

Quando ele abria os olhos, tinha-se a impressão de que não estava vendo, com um olhar tão vago que parecia enxergar em outra dimensão. Sua mãe chorava silenciosamente sentindo a vida de seu menino deixar aquele corpo tão frágil. Às vezes, quando ele conseguia balbuciar alguma coisa, perguntava pelo pai, pelos irmãos e também pelos amigos.

Sua mãe respondia que todos estavam esperando que ele melhorasse para voltar para casa e a vida seguir o ritmo normal. Ela sabia que isso jamais iria acontecer, mas precisava manter a chama acesa, procurando confortar seu pequeno menino nessa hora tão difícil.

Como poderia entender a inversão de situação que ela estava enfrentando? Os pais criam seus filhos para que eles possam desfrutar a vida, e ao longo do tempo, quando ficam velhos, os pais partem dessa vida, deixando para os filhos os ensinamentos e uma longa estrada para seguir. Esse é o caminho natural.

Entretanto, uma criança na flor da idade deixar a vida e partir para a eternidade não parecia uma coisa natural. Isso trazia muita dor e muita incompreensão para todos. Aquele menino tinha todas as possibilidades, porém uma doença traiçoeira estava ceifando suas oportunidades, seus sonhos e sua vida.

No final da terceira semana no hospital, eram poucas as esperanças de o Charada se recuperar. Sentada na beira da cama, sua mãe sabia que não havia mais o que fazer. Apertou sua mão com força, quase sem perceber, e sentiu que ele abriu os olhos e tentou falar alguma coisa. Aproximou-se dele, colocando o ouvido perto de sua boca, e ouviu o Charada balbuciar:

— Mamãe, eu acho que estou morrendo. Não queria morrer, mas o que posso fazer?

— Não diga isso, meu filho, tenha fé. Nosso Senhor Jesus Cristo vai te ajudar.

— Mamãe, eu sonhei com Jesus, igual quando a senhora falava nas rezas lá em casa. Ele pegava minha mão e a gente caminhava na beira de um lago. Tudo muito calmo, só não vi se tinha passarinhos.

Sua voz estava muito baixinha e a mãe começou a chorar silenciosamente, as lágrimas escorrendo pelo rosto.

— Não chore, mamãe. Nunca vou deixar de ficar perto da senhora e do papai. Fala para os maninhos que amo muito eles.

— Pode deixar, meu filho, mas você precisa descansar.

— Já estou descansando, minha mãe. Me dê sua bênção.

Ele fechou os olhos, seus lábios se fecharam e as suas mãos foram escapando devagarinho das mãos de sua mãe, que ainda segurava com força.

Charada morreu numa tarde chuvosa, passava das cinco horas da tarde. Sua mãe continuou segurando suas mãos, agora frias e inertes. Seus olhos fitavam o horizonte, porém não tinham nenhuma luz, apenas uma expressão de espanto, parecendo que tinha se deparado com outra realidade.

Quem sabe um dia entenderemos o que se passa quando uma pessoa morre, para onde vai, o que acontece depois e talvez assim possamos aceitar essa que é a certeza mais conhecida de todos: a morte, com toda a tristeza que carrega e o sofrimento que traz para os entes queridos.

Capítulo 14

Completados seis meses de tratamento, Manoel recebeu autorização para voltar para casa. Estava mais magro ainda, porém a cor tinha voltado para seu rosto, seus olhos estavam mais brilhantes e estava bastante animado. As dores estomacais tinham passado, porém as recomendações médicas eram muito severas.

Comer direitinho, na hora certa, e nunca, nunca mais colocar uma gota de álcool na boca. Isso não garantiria a cura, mas daria fôlego para esperar um transplante, o que poderia resolver o problema definitivamente. Manoel se comprometeu em levar a sério essas recomendações e assim todos estavam muito animados.

Quando chegaram a casa foi uma festa. Os garotos ficaram radiantes, afinal estavam juntos novamente. Isabel fez uma comida gostosa, frango ao molho e milho verde com angu, essa que a família adorava. Após o jantar os pais foram dormir e os garotos rodearam Fernando para saber das novidades.

Queriam saber tudo da cidade grande. Isabel estava ali do lado, ouvindo com a maior atenção. Fernando contou dos prédios, das luzes, do movimento, de como as pessoas eram diferentes. Quando se deu conta já era meia-noite e os meninos estavam cochilando.

Foram dormir e tiveram sonhos maravilhosos, cada qual sentindo as coisas de sua maneira. Isabel sentia que Fernando era uma nova pessoa. Parecia um homem feito, aliás, já era um homem. Media mais de um metro e setenta e cinco de altura, era forte e muito bonito.

Completara dezoito anos sem nenhuma festa, enquanto estava acompanhando o pai no hospital. Isabel se recordava de quantas vezes brincaram a tarde toda no pequeno quintal da casa, sem nenhuma preocupação. Bem, mas esses foram outros tempos. Agora precisava dormir. *Ainda bem que estavam juntos novamente*, pensou. Fez uma longa oração agradecendo a Deus e não percebeu quando finalmente adormeceu.

Isabel havia se tornado uma moça muito bonita, pouco lembrando aquela menina magrela e triste que foi morar com seus vizinhos. Estava completando vinte e três anos e desde os dez morava com a família de Fernando. Realizou o último pedido de sua avó: ficar ali para terminar o ano letivo, pois seus familiares moravam em outra cidade e ela não conhecia nenhum deles, realmente. Depois que terminou o ano escolar, ela preferiu ficar, pois sempre se deu muito bem com Helena, e gostava de ajudar a cuidar dos meninos, era como a irmã mais velha deles.

Uma tia de Isabel receava que a menina apenas aumentasse as despesas daquela casa, já cheia de dificuldades. Sentia um pouco de remorso por não trazer a menina para morar consigo, mas na prática preferia que ela ficasse em Pedra Azul com aquela família que a acolheu tão bem. Afinal, não a conhecia direito, pois tinha visto Isabel apenas uma vez, na época de Natal, quando ainda era um bebê.

Isabel namorava o Antônio, um rapaz alegre e prestativo que trabalhava em uma fazenda e fazia entrega de leite na cidade todos os dias. Ele vinha de moto, com dois latões de cada lado, e as pessoas deixavam as garrafas de um litro para serem abastecidas na porta das casas. Antônio entregava quarenta litros de leite por dia, vinte litros em cada galão, e toda vez que chegava à casa de Isabel, ficavam um tempo conversando na porta da rua.

No domingo ele sempre vinha para a missa na igreja do padre Romano, ocasião em que eles podiam sair para passear na praça, comiam umas quitandas e às vezes até tomavam uma cerveja no bar do Romualdo, que ficava de frente para a praça principal. Falavam de um dia morarem juntos, ter filhos, enfim, uma vida a dois, coisa que todas as pessoas, de certa maneira, sonhavam.

Isabel sabia que todos na casa aprovavam seu relacionamento com Antônio, mas ela mesma era cheia de dúvidas, se toparia uma coisa mais séria naquele momento. Ele era muito trabalhador, mas sem nenhuma estrutura. O receio era deixar tudo e ir morar na pequena fazenda em que Antônio trabalhava e as coisas não se encaixarem. Preferia esperar que surgisse uma oportunidade para Antônio mudar de emprego, ou quem sabe acontecesse alguma outra coisa, que ela realmente não sabia o que poderia ser.

Capítulo 15

Na manhã seguinte ao seu retorno, Fernando acordou bem cedo. Ainda não havia se encontrado com Larissa e esperava ansioso chegar a hora de encontrá-la, assim que ela saísse da escola. Queria beijá-la, abraçá-la, contar das coisas da capital, visitar o mirante e apreciarem o pôr do sol juntos. Tomou o café que Isabel havia preparado e saiu caminhando. Percorreu o caminho estreito e sinuoso que levava ao pequeno riacho em que tomava banho com os amigos nas tardes de domingo. No caminho pensava naqueles seis meses fora.

Não sentia vontade de fazer as coisas de antes, como ir para a escola, trabalhar no supermercado do Seu Horácio, tudo isso lhe parecia diferente. Um tremendo vazio o corroía por dentro e somente a lembrança de Larissa o fazia sorrir. Sua pequena e linda namorada, que ele lembrava com carinho e paixão.

Amava-a de todo o seu coração, mas morria de medo de perdê-la. Os pais dela eram ricos, a mãe era muito exigente e dominadora. Ele não sabia o que fazer nem como agir para resolver a situação. Já tinha decidido que voltaria para a capital. Naqueles seis meses, conhecera várias pessoas que se arriscaram e estavam conseguindo vencer. Pessoas que trabalhavam e conseguiam tocar as coisas adequadamente, trabalhando, estudando, enfim, melhorando de vida.

Fernando queria subir na vida, ser digno de Larissa, ter condições de pedi-la em casamento. Quem sabe poderia ser bombeiro, enfermeiro e, por que não, médico... Seria a maior realização, e já havia conversado sobre isso com Ernesto, seu amigo da capital. Ele dissera que Fernando poderia fazer um curso técnico de Enfermagem, que iria compensar todo o atraso experimentado na escola e ainda teria uma profissão. A partir daí poderia prestar vestibular para curso superior.

Sabia que para ter envolvimento com Larissa, dar a vida que ela merecia e que seus pais aprovariam, ele teria que buscar novos horizontes. Com aquele emprego no supermercado, ou em qualquer outra atividade em Pedra Azul, a mãe de Larissa jamais aceitaria o namoro deles. Somente indo para a capital poderia ter a chance de conquistar as coisas e dar a ela uma vida com dignidade e conforto.

Apesar do pouco tempo que ficaram juntos parecia que se conheciam desde sempre. A cada dia descobriam maiores afinidades. As músicas que ouviam juntos, os assuntos que discutiam, os passeios que faziam, em tudo se completavam. Adoravam sair no final de tarde, caminhando por uma pequena trilha que dava no sopé da montanha onde havia o mirante. Muitas vezes tinha ido ali com seu pai quando era criança, e mesmo depois de crescer conservou aquele costume de voltar sempre lá. Nos momentos de maior aflição era no mirante que ele encontrava a serenidade para organizar seus pensamentos. Eram apenas dois quilômetros caminhando até o início da trilha, mas poucas pessoas em Pedra Azul conheciam esse caminho.

Por vezes ficavam até quase escurecer, admirando o pôr do sol, com seus raios avermelhados que rasgavam o horizonte. Eles sonhavam um dia construir uma casa naquele local e ali viver para sempre o amor que sentiam um pelo outro. Naquela época parecia ser apenas desvarios de adolescentes, mas para eles era uma verdade absoluta.

O clima no local era tão romântico que, numa tarde, como dois malucos aventureiros, tinham se arriscado em uma entrega total e apaixonada, debaixo da frondosa e centenária árvore que dominava o local. Aquele lugar ficou sendo o *marco sagrado* do amor que eles sentiam um pelo outro. O mirante estava para eles como um castelo para os príncipes e princesas da época medieval, onde os amores floresciam e às vezes sucumbiam de forma muito trágica. Não era isso que imaginava para ele e Larissa.

Envolto naqueles pensamentos, chegou ao pequeno riacho e sentou-se na margem. Recordou todas aquelas tardes felizes e descontraídas, quando não se preocupava com nada e apenas extravasava sua liberdade com os amigos de infância. De repente, viu uma pequena placa branca pregada no caule da frondosa gameleira de onde eles saltavam para o poço.

Aproximou-se cautelosamente, e, quando leu o que estava escrito, seu coração rasgou-se em duas partes: "*Uma recordação para o Charada, dos amigos eternos: Fernando, Jairo, Quinzinho, Dudu e Carlinhos*". Chorou por tanto tempo que quando percebeu já estava anoitecendo. Voltou para casa contando os passos, trancou-se no seu quarto e deixou o tempo passar. Foi a noite mais longa de sua vida.

Ficou sabendo depois que o Charada tinha falecido um mês após sua partida para a capital e ninguém teve coragem de lhe contar na época, e, como as coisas sempre acontecem, o triste fato caiu no esquecimento. Lembraria para sempre daquele amigo alegre e sorridente, que animava todos com sua presença, e sua risada ficaria guardada para a eternidade em seu coração.

Mais uma coisa que o separava para sempre de Pedra Azul. Só Larissa lhe trazia boas vibrações. Acabou adormecendo com o raiar do sol, levantou-se por volta do meio-dia e não era mais a mesma pessoa que tinha chegado a Pedra Azul.

Capítulo 16

Aqueles dois meses antes de partir foram muito difíceis. Sua mãe, Helena, não parava de chorar, os irmãos ficavam perguntando quando Fernando ia voltar, e ele ainda nem havia partido. Seu pai e Isabel não falavam nada, apenas aceitavam a decisão dele, afinal, percebiam que ele não nascera para aquela vida de cidade do interior. Encontrou Larissa numa tarde ensolarada e quente quando ela voltava da escola e passava pela praça principal. Fernando a esperava sentado em um banco perto do chafariz e, quando a viu, seu coração deu um salto no peito.

Uma ansiedade contida por dias, já prevendo aquela saudade que sentiria longe dela na capital, queimava todo o seu corpo, embargava sua voz. Chegou perto dela, segurou suas mãos delicadamente e, abraçando-a com firmeza, disse:

— Olá, meu amor, como você está?

A frase saiu quase como um sussurro. Mal acreditava que ela estava ali e não era mais um de seus sonhos.

— Oi, querido. Estou bem e você? E seu pai? Sinto muito por tudo isso que tem passado, deve ser muito difícil para você — disse ela depressa, sentando-se ao seu lado.

— Sim, realmente tem sido difícil, mas estamos tentando superar as dificuldades — respondeu, com uma tristeza na voz, sem conseguir soltar suas mãos.

— E na capital? Como foi? Deve ser bonito lá. Tenho vontade de conhecer um dia — disse Larissa.

— É muito bonito, sim. Diferente de tudo por aqui. Um dia você tem que ir lá para conhecer — Fernando falou, entusiasmado.

— Quem sabe um dia...

Fernando já não sabia como revelar a sua decisão. Estava angustiado, não sabia como Larissa iria reagir, mas tomou coragem e falou quase sem tomar fôlego.

— Larissa, eu tenho que lhe falar uma coisa. Vou embora de Pedra Azul, por isso queria conversar com você.

Ele falou como se desabafasse.

Larissa olhava para Fernando, mas não parecia surpresa. Já esperava por isso. Ela o amava e tinha certeza de que ele gostava dela, mas sentia, há muito tempo, que o mundo dele não seria Pedra Azul. Fernando tinha dentro de si uma vontade enorme de buscar novos horizontes, conhecer outras oportunidades, e Larissa apoiava essa ideia. Ela também, quem sabe, um dia iria para a capital.

Fernando falou:

— Vamos nos encontrar amanhã, pode ser? Que tal às dezoito e trinta no início da trilha para o mirante? Aí podemos conversar melhor — disse ele cheio de expectativa e ansiedade.

— Ok, está combinado — respondeu Larissa.

Às dezoito horas Fernando já estava no local combinado, esperando Larissa. Muitos pensamentos vinham a sua mente e a angústia deixava seu coração batendo mais forte. Parecia que iria explodir no peito. E se ela não viesse? Agora que ele disse que iria embora para sempre ela poderia não querer mais vê-lo. Que tragédia seria se isso acontecesse! Às dezoito e vinte Larissa apareceu, linda como uma manhã de primavera. Seus cabelos compridos esvoaçando ao vento lembravam nuvens a voar pelo infinito.

— Oi, trouxe um lanche, que tal um piquenique noturno? — disse Larissa sorrindo.

Ela carregava uma mochila e, quando eles chegaram ao mirante, Fernando descobriu que dentro havia uma grande toalha, além de frutas, queijos, alguns sanduíches e meia dúzia de velas que ela espalhou pelo chão.

Ele ficou surpreso: ela pensara em cada detalhe! Ele se sentia muito sortudo por tê-la em sua vida. Assim que estenderam a toalha, ela deitou a cabeça no seu colo, com o rosto iluminado pela luz das velas, tendo antes ligado o pequeno aparelho de som que havia tirado da mochila e colocado para tocar a música que mais amava: *Ain't no Sunshine...*

Seus lábios estavam quentes. Fernando foi se aproximando e a respiração dela se confundiu com a dele. Foi um enlace automático, seus corpos se desejavam e os lábios se uniram num beijo longo e ardente. Não perceberam quantos minutos ficaram assim, mas sabiam que aquele sentimento era para sempre.

Naquela noite se entregaram um ao outro, mas não foi como das outras vezes em que fizeram amor. Foi mágico. Ali, naquele lugar que se tornara tão especial para eles, fizeram amor com mais entrega, com mais paixão. Aplacavam a saudade dos dias que ficaram separados e daqueles que ainda viriam, pois com a mudança de Fernando sabiam que não teriam mais tanto tempo para ficarem juntos. Dois meses passariam voando e deviam aproveitar cada minuto possível antes que ele partisse de vez. Entendiam que o amor nunca iria morrer com a distância, mas ficar longe seria doloroso demais.

Foram muitos outros encontros, em lugares totalmente diversos e sempre acobertados pela cumplicidade mútua. Às margens do pequeno riacho, muito próximo da placa em homenagem ao Charada — às vezes passavam por lá e faziam uma oração silenciosa para o amigo —, no mirante da montanha, local sagrado para eles, enfim, foram dias inesquecíveis.

Capítulo 17

Os pais de Larissa já sabiam da história do namoro com o rapaz que morava no Sol Nascente e que tinha estado na capital com o pai doente. Raquel falou com Alberto que não aceitava aquele namoro, que o rapaz não era adequado para se casar com sua filha, enfim, rezou uma ladainha completa sobre o assunto e, antes, já havia procurado o padre Romano e contado para ele o que estava acontecendo, que não aceitaria aquilo. Pediu ao padre para falar com Larissa, dizer que ela era muito jovem, que deixasse para namorar mais tarde. O padre disse para Raquel que Fernando era um rapaz muito valoroso e que ela deveria deixar os jovens seguirem seu caminho, pois naquela idade talvez o namoro acabasse naturalmente, mas que se fosse em frente ela não deveria impedir o amor dos dois. Raquel ouviu, mas não concordou com as argumentações do padre Romano.

Numa tarde, chegando da escola, Larissa encontrou o pai sentado na área principal da casa. Seu Alberto perguntou à filha sobre o assunto com muita educação.

— Minha filha, como é a história com esse rapaz? Sua mãe me falou desse namoro com muita tristeza. Acha que não é o rapaz certo para você — falou Alberto, medindo as palavras para não criar um clima tenso entre eles.

— Papai, gosto muito dele. É um rapaz sério, trabalhador, a família dele é humilde, mas todos são muito corretos — disse Larissa, quase chorando de angústia.

— Filha, mas sua mãe tem outros planos para você. Um rapaz formado, um advogado, um médico, não seria melhor você esperar alguém aparecer? — Alberto procurava entender até que ponto poderia ir.

— Não, papai. Eu sei que gosto do Fernando. Ele também gosta de mim. Ele está indo para a capital, vai trabalhar lá, e quando conseguir as coisas ele vem falar com você — respondeu Larissa, colocando para o pai os seus argumentos.

— Quero conhecê-lo, minha filha. Peça a ele para vir aqui amanhã — disse Alberto.

— Obrigado, papai. Você não imagina como me faz feliz com essa atitude — respondeu Larissa com alegria.

— Mas sua mãe dificilmente vai aceitar. Você precisa conversar com ela — vaticinou Alberto.

Larissa ficou ao mesmo tempo aliviada e preocupada. Seu pai querer conhecer o Fernando era um bom sinal, mas ela nunca iria saber como sua mãe reagiria. Será que ela iria tratá-lo com indelicadeza, será que iria recebê-lo com educação? Esses pensamentos estavam atormentando sua mente, então resolveu ir falar com Camila.

— Amiga, não sei o que fazer. Você sabe como gosto do Fernando, porém não sei se minha mãe vai aceitar — falou Larissa, angustiada.

— Calma, Larissa — disse Camila. — Sua mãe vai ter que concordar, pois é a sua vida. Como foi que seu pai reagiu?

— Ele foi compreensivo, quer conhecer o Fernando. Pediu para que o convidasse para ir lá em casa amanhã. Vou falar com Fernando sobre isso.

— Então, seja firme, lute pelo seu amor. O Fernando é um rapaz muito especial — afirmou Camila.

Larissa estava muito angustiada. Passou a tarde na casa da amiga. Às vezes sorria, contando suas conversas com Fernando, às vezes chorava, com medo de tudo se desmoronar. Tinha plena certeza de que aquele era o amor de sua vida, porém a contrariedade de sua mãe, a partida de Fernando, tudo aquilo deixava sua mente em parafuso. Sentia dores no peito, uma sensação de sufocamento terrível. Parecia que seu coração estava prestes a explodir.

No final da tarde Larissa retornou para casa. Sua mãe estava sentada na sala, bordando uma toalha de mesa com ponto de cruz, e assim que ela entrou já foi logo dizendo:

— Seu pai me falou que esse rapaz vem aqui amanhã. Você sabe minha opinião, eu não consigo ver o que você achou nesse pobretão. Só porque ele ficou uns meses na capital, chegou contando histórias, aí você já se encantou com ele. Não é o rapaz certo para você! — falou Raquel com rispidez.

— Minha mãe, eu gosto do Fernando. Ele é um rapaz gentil, trabalhador, e a família dele é muito correta. Não sei por que a senhora implica tanto! — disse Larissa quase aos prantos.

— Eu implico porque quero o melhor para você! Não quero ver você passando necessidades — falou Raquel.

— Mamãe, nós não estamos nos casando. Só estamos namorando — insistiu Larissa.

— Moça direita, quando namora, é para casar. E casar tem que ser com o rapaz certo. Não esses *joão-ninguém* que tem por aí — afirmou Raquel, e deu a conversa por encerrada.

Larissa começou a chorar e correu para o quarto. Enquanto soluçava, sua avó entrou no quarto e a colocou no colo. Acariciou seus cabelos e contou lindas histórias de princesas e príncipes que enfrentaram dificuldades para levar adiante os seus amores. Com aquelas palavras lindas e sábias, sussurradas com carinho em seus ouvidos, Larissa adormeceu.

No dia seguinte, levantou-se bem mais calma. À tarde, tomou um banho e foi se preparar para a visita de Fernando. Falou com ele mais cedo sobre o pedido de seu pai. Ele ficara um tanto ressabiado, mas como podia negar aquele encontro? Era a oportunidade de conhecer os pais dela e também de se apresentar como o namorado de Larissa. Não sabia como seria recebido, mas com a certeza de seu amor, tudo iria dar certo.

Chegou à casa de Larissa por volta das vinte horas. Alberto estava sentado na poltrona e levantou-se para cumprimentá-lo. Fernando estava um pouco nervoso, vestia uma calça jeans azul e uma camisa social, emprestada de seu pai, nunca havia usado uma, mas precisava causar uma boa impressão. Os cabelos estavam bem cortados e escovados, mas sua pele suava como uma esponja, antevendo momentos de tensão e ansiedade.

Alberto, um homem nem alto e nem baixo, branco e com uma barriga bem proeminente, era o tipo do *tiozão* que todos gostariam de ter. Sua aparência era bastante amistosa, um sorriso franco que lembrava muito o sorriso de Larissa. Aliás, ela se parecia muito com o pai, achava Fernando. Ele já tinha visto o pai de Larissa algumas vezes pela cidade, mas nunca haviam se falado. Sabia que era um homem rico e muito respeitado.

— Boa noite, Seu Alberto. É um prazer conhecer o senhor — falou Fernando.

— Boa noite, rapaz. Sente-se, vamos conversar — respondeu Alberto.

— Então, você esteve na capital. Eu já estive lá por muitas vezes, cidade barulhenta e muito movimentada — disse Alberto amistosamente.

Fernando estava nervoso, não sabia o que falar, mas não poderia ficar calado.

— Sim, eu estive lá por seis meses. Mas não conheci muita coisa, pois fiquei somente nas redondezas do hospital — disse Fernando meio sem jeito.

— Ah, sim... E como está o seu pai? Fiquei sabendo que a doença dele é um pouco grave.

— Sim, ele melhorou bastante, mas para ficar bom precisa de um transplante, o que não é fácil — disse Fernando em tom sombrio.

Nesse momento, Raquel adentrou a sala. Usava um vestido alaranjado, com florados pretos e tinha o cabelo amarrado para trás. Seu olhar era duro e inquisidor. Sentou-se na poltrona ao lado de Larissa e, encarando Fernando, foi logo dizendo:

— Você sabe que não aprovo esse namoro. Larissa é muito jovem e ainda precisa estudar. No final do ano ela vai para Goiabeiras terminar o curso de Pedagogia, e com certeza conhecerá um rapaz adequado para ela — falou rispidamente.

Larissa ficou pálida e seus olhos marejaram. Não sabia o que fazer e começou a chorar silenciosamente, olhando para sua avó, que estava sentada mais ao fundo. Era um olhar sofrido, um pedido de socorro. Seus pés quase não tocavam o chão de tanta ansiedade. Olhou para Fernando e viu que ele estava chocado, mas não parecia assustado.

— Eu gosto muito de sua filha, farei de tudo para não a decepcionar — disse Fernando com firmeza.

Raquel não falou mais nada, levantou-se e foi para o quarto. Seu Alberto, meio sem jeito, pediu desculpas e também se levantou para ir falar com a esposa. Larissa foi ao encontro de Fernando, pegou suas mãos e caminhou para a saída. Acompanhou Fernando até o portão, abraçando-o com força, e o soluço tomou conta de todo o seu corpo.

Fernando acolheu Larissa com um forte abraço, acariciou seus cabelos e, quando ela estava mais calma, disse-lhe carinhosamente:

— Não se preocupe. Não sofra tanto. Eu já esperava uma reação contrária de sua mãe. Você já tinha me alertado. Nós venceremos essa batalha.

— Mas ela não podia tratar você dessa maneira. Vou falar com ela. Isso não se faz — respondeu Larissa, chorosa.

— Melhor não falar nada. Deixe as coisas se acalmarem, Larissa. Amanhã eu vou embora, mas logo voltarei para te ver — disse Fernando, procurando acalmá-la.

— Isso me deixa angustiada. Todo esse clima negativo dos meus pais e ainda longe de você. Não sei se consigo suportar — ela respondeu com pesar.

— Tudo vai se ajeitar. Eu te amo. Você me ama. Estamos juntos e nosso amor é mais forte que tudo isso.

Com essas palavras Fernando despediu-se de Larissa e caminhou de volta para casa. No caminho, pensava por que as pessoas são tão insensíveis, como uma mãe pode querer ditar o que acontece no coração de sua filha, quantos exemplos malsucedidos de pais interferindo nos sentimentos dos filhos, acabando em tragédia, em pessoas infelizes por causa de casamentos arranjados. Como entender que coisas simples, como amar e ser amado, podiam trazer uma carga emocional tão grande, com consequências nefastas para pessoas inocentes?

Capítulo 18

Na véspera da partida eles ficaram juntos durante toda a tarde. Conversaram muito e mais uma vez visitaram o mirante para ver o pôr do sol. Fernando dizia que logo iria levar Larissa para a capital, teriam uma casa, ficariam juntos para sempre. A avó de Larissa conhecera Fernando e fazia muito gosto pelo namoro, ela o achava um rapaz muito bonito e trabalhador. Helena não quis tomar partido, não apoiando, tampouco repreendendo o namoro. Lá no fundo de seu coração, sentia-se enciumada de ver seu rapaz enamorado, mas achava a menina muito bonita e educada.

Isabel torcia pelo namoro de Fernando e Larissa. Elas conversavam muito, e na ausência dele ela se tornou uma confidente de Larissa. Os amigos também se sentiam muito bem com aquela união. Todos gostavam de Larissa e sabiam que ela era a companheira ideal para Fernando.

A despedida da família tinha sido bastante penosa. Helena estava magra e chorosa pelos cantos, mas disfarçava para que Fernando não notasse. Ele sabia que a mãe estava sofrendo, mas não dava demonstração. Seu pai, Manoel, ficou triste com a partida, mas entendia que aquele era o caminho natural. Os pais traziam os filhos ao mundo para que depois eles seguissem seu próprio destino. Fora assim com ele também, só que ainda mais jovem, aos quinze anos de idade, quando deixou sua casa e seus pais para nunca mais voltar.

Fernando foi se despedir do padre Romano e tiveram uma longa conversa sobre a vida. O padre contou-lhe que também havia partido um dia, deixando os pais, os irmãos e a cidade natal para encontrar outras pessoas e outros amigos em terras diferentes. Fernando pensava, enquanto ouvia a voz calma do padre, como era estranho ouvir aquilo. As crianças e até os adultos imaginam que os padres não têm família, que são pessoas solitárias e que só falam com Deus.

Foi uma conversa interessante. Padre Romano era muito culto e sábio e seus ensinamentos ficariam para sempre no coração de Fernando. Conversaram sobre o relacionamento com Larissa e o padre pediu para que ele tivesse muita paciência e acreditasse que o amor sempre venceria as adversidades, e se não fosse amor verdadeiro logo o tempo e a distância se encarregariam de apagar.

Despediu-se do Seu Horácio, no supermercado, agradecendo pelo tempo que trabalhou com ele, esteve no colégio com a coordenadora da escola municipal, pois ela sempre o tratara com muita deferência, e despediu-se também dos amigos queridos. Marcaram uma última pelada, mas desta vez não teve muita graça, pois faltava o Charada. Até o Júnior brincou, porém ainda era bem pequeno, mas se divertiu por estar jogando com a turma do irmão mais velho. Quando o ônibus partiu, às nove horas da noite, uma parte de sua vida estava ficando naquele lugar.

Na viagem, recostado na poltrona do ônibus, ele olhava pela janela. A paisagem desfilava em seus olhos e sua mente recordava os acontecimentos recentes: último ano na escola, namorada nova, mudança para outra cidade. Cada um desses eventos, isoladamente, tinha o poder de transformar a vida de alguém.

Mas todos ao mesmo tempo, somados com doenças e perdas, fizeram aquele garoto se tornar um homem. Sentia medo do que viria dali em diante, mas sabia que em Pedra Azul não cabiam todos os seus desejos. Ligou para o Ernesto, o enfermeiro de quem ficara muito próximo durante seus dias no hospital. Era um rapaz muito simpático, que tinha se oferecido para ajudá-lo. Combinou de morar com ele até arranjar um emprego e poder se manter por conta própria.

Capítulo 19

Chegando à capital, Fernando arranjou um serviço provisório como atendente em uma lanchonete, local em que a maioria dos funcionários do hospital costumava se encontrar para o almoço. Não era grande coisa, mas era mais que o dobro do que ele recebia no supermercado e dava para ir pagando as contas.

Recebia por semana, então ele tinha sempre um dinheirinho em mãos, inclusive para depositar para sua mãe, o que ajudava nas despesas da casa e com os remédios do pai. Durante a noite fazia um curso técnico de auxiliar de Enfermagem, pois queria trabalhar no hospital.

Após seis meses na capital, a rotina estava substituindo a angústia, embora a saudade ficasse cada vez mais doída. Larissa era uma presença viva em sua mente, distante, mas latente em seu coração. Sentia muito a sua falta, mas precisava continuar em frente. Para amenizar essa ausência, falava com ela toda semana, e mesmo falando sempre por telefone aquele contato não era suficiente para acalmar seu coração e uma urgência tomava conta de sua mente. Precisava encontrar Larissa, vê-la, abraçar seu corpo, beijar seus lábios. Essa distância estava matando-o aos poucos, decidiu então que no feriado seguinte iria a Pedra Azul.

Alguns dias depois, Fernando emendou o feriado de *Corpus Christi*, que caía numa sexta-feira, com o final de semana e rumou para a cidade natal. O ônibus seguia lentamente, balançando às vezes para um lado, às vezes para outro, dependendo da curva da estrada, trazendo sonolência, e Fernando acabou adormecendo.

Sonhou que estava chegando à cidade e que Larissa tinha se mudado para outro lugar. Ficou desesperado, procurava pelos amigos e ninguém sabia o paradeiro dela. Foi um sonho muito ruim, parecia que estava vivendo de verdade uma paranoia muito louca. Não a encontrar e ninguém saber para onde ela tinha ido, que sufoco!

De repente, acordou assustado com uma freada do ônibus e viu que estavam chegando a Pedra Azul. *Então foi um sonho!*, pensou, mas continuava com o mesmo sentimento, uma angústia, como se aquilo fosse real. Desceu do ônibus e foi para casa encontrar seus pais. Na manhã seguinte iria procurar Larissa e matar a saudade do seu grande amor.

Acordou bem cedo no dia seguinte, tomou café com a família e ficou esperando um pouco que tudo se acalmasse. Todos queriam saber notícias da capital. Depois de um tempo saiu para se encontrar com Larissa. Foi para a praça central, onde sempre se encontravam. Ela sabia que ele viria, mas não tinha certeza a que horas chegaria a Pedra Azul.

Saindo da escola, Larissa olhava ansiosamente para os lados. Desceu a rua com Camila, na expectativa de encontrar Fernando. Quando dobraram a esquina para a praça central, lá estava ele esperando por ela, sentado em um banco onde costumeiramente se encontravam. Seu coração disparou. Larissa correu como uma louca, os livros caíram e a amiga foi recolhendo pelo chão. Abraçou Fernando por um longo tempo, seus olhos se encheram de lágrimas, e ali ela teve a certeza de que seu coração estava em paz.

Foram três dias maravilhosos, quando puderam matar a saudade que martirizava seus corações. Encontraram-se todos os dias, conversaram muito e fizeram amor.

Fernando lhe contava das coisas da capital, e ela ouvia embevecida. Falou do novo emprego, do curso de Enfermagem, dos novos amigos e amigas que tinha feito. Em alguns momentos Larissa fazia uma careta de brava, principalmente quando falava das amigas. Ela contou da escola, dos pais, principalmente que sua mãe brigava todos os dias para que ela arrumasse um namorado e já estava buscando uma escola com internato para ela estudar.

Larissa contou para Fernando que sua avó estava muito fraquinha, que mandara um grande abraço para ele e que esperava que tudo desse certo para os dois. Ela sentia medo de perder sua querida avó, sua companheira e confidente, mas ela já estava com mais de oitenta anos e com a saúde precária.

Quando chegou o dia da partida, um domingo à tarde, Fernando parecia flutuar de felicidade, mas seu coração estava apertado de saudade. Chegando à capital, Ernesto logo sentiu a diferença em Fernando. Ele estava muito mais alegre, feliz e animado. Contou dos dias maravilhosos que ele e Larissa passaram juntos e como estava se sentindo realizado.

Conversava também com Débora, uma colega do curso de Enfermagem. Moça de altura mediana, branca, um pouco acima do peso, com um sorriso que parecia um raio de sol. Ela também vinha do interior, só que de uma região totalmente diferente. Seus pais ainda moravam na cidade natal e tocavam um pequeno negócio.

Os pais de Débora tinham lá uma pequena mercearia e uma vez por mês a mãe vinha visitá-la na capital. Trazia muitas coisas para ela, como arroz, feijão e óleo, que ajudava na preparação da comida que ela mesma fazia no pequeno quarto e sala que alugava perto do hospital. Às vezes, Fernando ia comer no pequeno apartamento onde Débora morava, principalmente nos fins de semana. Ela sabia da doença do pai de Fernando, sabia também de Larissa, mas quase não tocavam nesses assuntos.

Capítulo 20

Manoel estava cada dia mais decadente. A doença tirava as forças do pai de Fernando até para pequenas caminhadas. Helena pensava em levá-lo novamente para a capital, mas uma pequena melhora mudava os seus planos, já que essa decisão trazia muitos contratempos para todos. A espera na fila do transplante não havia evoluído quase nada, então sua esperança estava em acontecer um milagre.

Certa manhã, ao acordar, Manoel estava tão debilitado na cama que Helena imaginou que ele estivesse morrendo. Deu-lhe uma xícara de chá de erva-cidreira, para repor as energias, e saiu para trabalhar. Antes de sair, porém, pediu para Isabel fazer uma sopa de legumes para tentar fortalecer o estado de saúde dele. Decidiu que finalmente teria que levar Manoel para a capital, pois do contrário ele morreria em questão de dias. Saindo do serviço, ligou para Fernando e comunicou a ele sua decisão. Não podia mais esperar.

Fernando concordou e disse que estaria esperando a chegada deles. O local onde morava ficava perto da casa de apoio. Poderia estar sempre por perto para ajudar os pais. Manoel chegou à noite acompanhado de Helena e foi internado no hospital na manhã seguinte. Estava mesmo muito debilitado e Fernando nem acreditava que aquele era o seu pai. Dependente para tudo, Manoel caminhava com dificuldade e até para as necessidades mais básicas precisava de ajuda. Foram dois meses de tratamento intensivo, entretanto os resultados não foram satisfatórios. O médico do hospital chamou Fernando uma manhã e disse:

— Fernando, eu sinto muito lhe dizer, mas seu pai está muito mal. Não reage mais aos tratamentos. Receio que ele tenha muito pouco tempo de vida.

Fernando ficou pálido, a voz embargou em sua garganta. No fundo, já esperava por aquilo, mas ouvir essa verdade, que um ente querido, tão querido, estava prestes a ir embora para sempre, era de cortar o coração.

— Se você quiser, podemos falar com sua mãe, temos excelentes psicólogos aqui no hospital que podem ajudar nesse momento.

Fernando mal conseguia ouvir as palavras do médico. Seus pensamentos estavam muito longe. Em sua mãe, Helena, em seus irmãos, em Isabel, na família como um todo, e em Larissa. Como o destino podia ser tão caprichoso e tirar das pessoas aquilo que elas mais amavam, como isso poderia ser encarado sem aprofundar as marcas de tristeza e mágoa em corações já doloridos pelas agruras e as dificuldades do dia a dia? Eram, porém, os desígnios de Deus, e contra o que não conhecia ele nada podia fazer.

Manoel faleceu em uma noite de agosto, durante o sono, sem um gemido sequer. Estava muito fraco e debilitado, e nos últimos dias parecia que dormia o tempo todo. Quando Fernando chegava perto e falava com ele, mal abria os olhos, e somente quando tocado movimentava-se vagarosamente. O enfermeiro de plantão disse que ele estava dormindo e que simplesmente apagou, sem nenhum movimento.

A prefeitura mandou uma ambulância para buscar o corpo, pois Helena queria que ele fosse enterrado em Pedra Azul. Helena chorava silenciosamente durante todo o trajeto. Ela e Fernando acompanharam Manoel, na ambulância, e aquelas cinco horas de viagem foram uma eternidade para eles.

Na viagem, Fernando lembrava-se da sua infância, do início de sua adolescência, da presença constante de seu pai, do orgulho que sentia quando Manoel dedicava um pouco de tempo para ficarem juntos. Recordava-se com carinho das inúmeras vezes em que os dois foram até o mirante no cume da montanha, e lá em cima Manoel dizia para

Fernando que a vida era uma dádiva de Deus e que deveríamos aproveitá-la da melhor forma possível. Lembrou-se de cada vez que sua mãe contava como tinham se conhecido, lá nos tempos da juventude, a felicidade nos olhos de Helena e o sorriso meio torto de Manoel, demonstrando que aquelas lembranças lhe faziam muito bem. Chegaram à tardinha e o velório se estendeu pela noite adentro.

Praticamente, toda a cidade passou por ali. Rezavam de hora em hora e finalmente, para alívio dos presentes, o dia amanheceu. Fernando não entendia por que ficar a noite inteira velando uma pessoa que já tinha morrido. Melhor seria fazer as honras e enterrar logo. Mas isso era tradição e as pessoas mais velhas sempre gostavam de manter e respeitar as tradições.

Às nove horas da manhã do dia seguinte, o padre Romano rezou a missa de corpo presente e caminharam para o túmulo. Jogaram algumas flores e o coveiro perguntou se Fernando queria jogar a primeira pá de terra, como era o costume. Fernando fez como mandava a tradição e nessa hora Helena desatou em choro, extravasando toda a dor que estava sentindo. Júnior e Ronaldo acompanhavam tudo calados, tinham chorado um pouco durante a chegada do corpo, mas agora estavam impassíveis, como se não entendessem nada do que estava acontecendo.

Isabel ficou calada o tempo todo, mas seus olhos estavam avermelhados. Não dormira um minuto sequer durante todo o velório. Fernando pensava em Larissa o tempo todo. Ela esteve no velório rapidamente no início da noite e depois foi embora, parecendo triste, mas não conversaram quase nada. Ela estava muito bonita, seus cabelos castanho-escuros estavam mais compridos, mas seu sorriso tinha uma marca de tristeza profunda.

— Meus sentimentos, Fernando — dissera ela, dando-lhe um abraço forte e protetor. — Sinto muito por seu pai.

Um aperto no coração e as mãos trêmulas de uma pessoa bastante fragilizada responderam a esse cumprimento.

— Obrigado, Larissa. Obrigado por ter vindo — respondeu Fernando.

Fernando iria procurá-la no dia seguinte. Já haviam se passado mais de seis meses desde o último encontro. Sentia que o amor guardado em seu coração estava cada vez mais forte, mas naquele momento sentiu uma tristeza profunda, uma premonição indefinida, parecia que seu amor estava distante. Talvez fosse pela morte de seu pai, talvez fosse pelo tempo em que ficaram tão longe, talvez por algo que ele ainda não sabia o que era.

Capítulo 21

Quando Fernando partiu, Larissa tentou levar as coisas de forma natural. Estudava, cuidava de sua avó, ajudava nas tarefas de casa, mas nada disso substituía a falta de Fernando. Uma saudade profunda, doída, um vazio imenso foi tomando conta dos seus dias. Agora que entregara parte de sua vida para Fernando, ele estava longe, e ela não sabia como enfrentar essa situação.

Sua mãe não dava trégua, falando que aquilo era uma heresia, que a família não podia aceitar uma coisa daquelas; tratava-o como se ele fosse um bandido ou um marginal. Apenas por ele ser de família humilde, não precisava ser discriminado daquela maneira. Alberto tinha um carinho especial pela filha, daria tudo para não a ver sofrer, mas era totalmente dominado pela esposa. Jamais teria uma atitude firme, contrária ao pensamento de Raquel. Se as coisas se ajeitassem ele sentiria uma alegria enorme, mas contrariar a esposa, apoiando abertamente o namoro da filha, isso ele jamais poderia fazer.

Já se passara mais de seis meses da última visita de Fernando. Falavam sempre por telefone, mas nada que amenizasse a angústia instalada em seu coração. Como era sofrida essa ausência, como doía estar sempre na esperança e nunca na certeza. Sua mãe dizia que Fernando deveria ter outras namoradas na capital, que as moças de lá eram muito diferentes, fáceis de conquistar, sem nenhuma preocupação com o futuro.

Isso martelava dia a dia seus pensamentos e deixava seu coração em frangalhos. Procurava Isabel para saber notícias, mas ela não sabia de nada diferente, apenas consolava Larissa, dando-lhe esperanças de que as coisas iam acabar bem. Camila era a única que lhe dava certeza de que ela não estava perdida. Acalmava seu coração, falava sobre como tudo iria se resolver, era uma amiga de verdade.

Muitas vezes caminhavam a pé pelas trilhas que ela e Fernando conheciam e chegavam até o mirante da montanha. Naquele lugar, Larissa sentia a presença forte e marcante de Fernando. Contou para Camila quantas vezes tinham ficado ali, apreciando a natureza e falando de amor. Era como se revivesse tudo outra vez. Era o lugar em que se manifestava vivo e eterno aquele amor que sentia.

Raquel viajou para Goiabeiras numa segunda-feira de manhã. Na véspera, havia marcado audiência com a irmã Glória, superiora do colégio das irmãs franciscanas, internato onde ela havia estudado na adolescência e que tinha disciplina mais rigorosa do que academia militar. Explicou para a irmã Glória tudo que estava se passando, falou de sua intolerância em relação ao namoro da filha com aquele rapaz humilde e que sua meta era trazer Larissa para o colégio, e que com a ajuda de irmã Glória ela pudesse com o tempo esquecer Fernando e aquele namoro inconveniente.

No início do ano, Raquel levou Larissa para estudar no colégio em Goiabeiras. Irmã Glória recebeu a menina e também a orientação de não aceitar visitas. Sairia apenas nas férias para ficar com os pais. Tudo estava organizado para que eles não se encontrassem e, dessa forma, o tempo poderia se encarregar do restante.

Fernando, na capital, estava concentrado em seus estudos e no trabalho. Nos últimos dois meses havia tentado por diversas vezes falar com Larissa, mas não conseguira. Viajou duas vezes até Pedra Azul, mas não conseguiu encontrá-la. Ela nunca estava em casa. Numa dessas tentativas, Camila contou-lhe que Larissa tinha se mudado para Goiabeiras no início do ano, pois a mãe a havia colocado num colégio interno.

Seu mundo caiu. Dessa vez a mãe havia passado dos limites, enclausurar a filha assim! Fernando tomou o ônibus e foi até Goiabeiras. No colégio, procurou falar com Larissa, mas não passou do portão de entrada. Uma freira o atendeu, mas disse que a menina não poderia falar com ele.

Aquela atitude insensata e truculenta da mãe, mantendo a filha em um colégio interno e ao mesmo tempo deixando ordens expressas de não admitir um encontro entre eles, deixou Fernando arrasado. Sua mente e seu coração estavam em polvorosa, sem condições de entender essa situação e encontrar uma saída. Conversou com sua mãe sobre a mágoa que o estava corroendo por dentro.

— Minha mãe, eu sempre lutei para ser honesto, trabalhador, gosto dessa menina do fundo do coração, não sei por que a mãe dela é tão insensível — desabafou Fernando para Helena.

— Meu filho, muitas pessoas às vezes têm atitudes incompreensíveis, agem com um sentimento de proteção, que ao final das contas não ajuda e separa pessoas que se amam — disse Helena, tentando achar uma explicação para consolar seu filho.

— Mas eu não concordo com isso. Nós nos amamos e vamos ter que ficar separados, apenas porque a mãe dela não aceita? — indignava-se Fernando, com os olhos cheios de lágrimas.

— Eu sei, meu menino! É muito triste isso, mas você precisa compreender esse momento e aceitar o que está acontecendo, senão você vai sofrer muito mais ainda — falou Helena calmamente.

— Eu sei que a senhora tem razão, mas aceitar isso dessa forma é muito difícil.

— Você está estudando na capital, precisa se concentrar nos seus estudos, e se um dia vocês tiverem que ficar juntos ninguém vai impedir isso.

— Você está certa. Obrigado por me aconselhar. Vou tentar levar as coisas em frente — concluiu Fernando.

Helena sentiu uma forte sensação de impotência. Sabia que estava enganando seu filho, mas essa era a única forma de acalmar seu coração. Fernando estava apaixonado e nessa idade a paixão tem a temperatura do fogo em palha seca, queimando à velocidade da luz. Como explicar para seu filho que as pessoas são diferentes, que às vezes a classe social ainda é um muro a separar muitas pessoas? Esperava que o tempo pudesse amolecer o coração dos pais dessa garota, ou que talvez seu filho encontrasse outra moça na capital e acabasse esquecendo esse amor adolescente.

Capítulo 22

Na época das férias, quando vinha para Pedra Azul ficar com os pais, Larissa começou a se encontrar com André, um colega da escola que tinha lhe dado um beijo quando ela fizera quinze anos. Não chegaram a namorar, pois logo ela conheceu Fernando e se apaixonou. No começo os encontros dos dois serviam para Larissa ter uma companhia e espairecer um pouco, ele era inteligente e divertido, era bom estar ali.

Porém, para André aqueles encontros eram a chance de conquistá-la. Ele estava interessado em namorar Larissa, pois gostava dela desde quando se conheceram na escola. Com o passar dos meses foram se aproximando e o contato mais amiúde fez nascer um relacionamento.

André ia constantemente a Goiabeiras e, com autorização de Raquel, visitava Larissa no colégio. Às vezes, com a cumplicidade da irmã Glória, levava-a para passear pela cidade em tardes de domingo e feriados. Raquel orientava para que essas visitas acontecessem e sentia-se muito orgulhosa do seu plano para fazer Larissa esquecer Fernando. Pensava ela que tudo isso levaria a resolver de vez a questão do namoro que ela não aceitava.

André era um rapaz bonito e muito carinhoso, tinha muita paciência com Larissa e estava sempre disponível para ajudá-la no que fosse preciso. Isso aumentou muito o carinho que ela sentia por ele e foi aprofundando seus laços de ternura.

Quando ela encontrou Fernando no velório, seu coração disparou e sentiu que ainda o amava de forma arrasadora, porém a vida continuava e ela teria que seguir em frente.

Larissa estava visitando os pais num feriado prolongado e ficou sabendo da morte de Seu Manoel. Não podia deixar de ir, mesmo sabendo que sua mãe reprovaria tal atitude. Fernando ainda era o amor de sua vida, estava sofrendo, perdera o pai, e não seria ela, naquele momento, a obedecer à mãe e deixar de prestar apoio a ele.

Terminado o velório, Fernando voltou para casa apoiando sua mãe, que estava muito debilitada. Helena era forte, mas os últimos tempos tinham sido bastante difíceis. A doença de Manoel se arrastando por mais de um ano, a ausência de Fernando, primeiro acompanhando o pai e depois levando sua vida na capital, tudo contribuía para sugar suas energias, deixando seu corpo mais frágil com o passar do tempo.

Trabalhava todos os dias para conseguir os recursos para manter a família, e seus esforços nunca eram suficientes para todas as despesas, sempre faltando alguma coisa. Júnior estava crescendo e já conseguia alguns trocados, principalmente ajudando os colegas de escola com deficiência em matemática.

Agora que Manoel tinha partido e ela estava sozinha com seus filhos, o desafio de levar a vida em frente era muito maior. No dia do enterro, Fernando levou a mãe até o quarto, ela se deitou e fechou os olhos como se não quisesse abri-los jamais. Fernando saiu vagarosamente e dirigiu-se para a cozinha, onde Isabel estava passando um café. Ela ofereceu-lhe uma xícara.

— Larissa estava diferente hoje durante o velório — falou Fernando, como se conversasse consigo mesmo. Não esperava resposta de Isabel, aliás, nem estava falando com ela, apenas constatando um sentimento latente em seu coração.

— Seus olhos não tinham o brilho de sempre, pareciam tristes e distantes — continuou Fernando, como se finalmente quisesse que Isabel participasse da conversa.

Isabel olhou para ele e sentiu um pedido de socorro nos seus olhos. Não sabia se falava o que toda a cidade já sabia, mas também não achava justo que Fernando ficasse no escuro sobre o assunto.

— Larissa está namorando o André, aquele menino filho do Seu Maurício, dono da Ferragista Nacional — falou Isabel, de supetão.

Foi uma punhalada no coração de Fernando. Suas mãos ficaram frias, sua voz ficou presa na garganta, seus olhos marejaram e suas pernas fraquejaram. Caminhou pausadamente, quase cambaleando, e sentou-se no banco da cozinha. Nada podia ser mais impactante do que aquela notícia que ele recebera. Já sentira certa frieza, no encontro que tiveram à tarde, no velório, mas a esperança era de que se tratasse apenas do momento triste que estava passando. Não podia acreditar que Larissa estivesse namorando outro, que o calor de suas palavras, o afagar de seus abraços, as batidas de seu coração estivessem perdidos para sempre.

Quantas promessas de amor eterno, quantas juras sussurradas carinhosamente ao ouvido um do outro, quantos momentos que acreditava ser apenas dos dois. Agora, aquela frase colocava todo esse encantamento no chão, como se nada que tivesse acontecido entre eles fizesse sentido: *"Larissa está namorando o André..."*, as palavras de Isabel continuavam ecoando em seus ouvidos, como marteletes batendo insistentemente em uma bigorna.

Não podia ser verdade, pensava com toda a força de seu coração, devia ser um sonho. Depois de ter passado toda a noite em claro, ele logo iria acordar, encontrar com Larissa, ir ao riacho, fazer amor, ver o pôr do sol do mirante da montanha, enfim, esquecer toda tristeza e sorrir novamente junto a ela. Era isso que seu coração queria, era isso que iria acontecer assim que pudesse encontrá-la.

— Eu queria te falar antes, até pensei em telefonar, mas essas coisas são tão difíceis de dizer — completou Isabel.

Então era mesmo verdade, não estava sonhando. A voz de Isabel, trazendo-o à realidade, fez com que um soluço curto viesse até sua garganta. Até aquele momento não tinha chorado, apenas algumas lágrimas silenciosas e teimosas rolaram de seus olhos quando viu seu pai naquele caixão.

Reprimiu o soluço e levantou-se devagar, seguindo para o seu quarto. Fechou a porta, sentou-se na cama, colocou a cabeça entre as mãos, sentindo uma pressão sufocante nas têmporas, como se fosse explodir como um balão. Sentiu que suas forças estavam no fim, e, sentado ali, chorou copiosamente. Não sabia se pela morte de seu querido pai, não sabia se pela notícia da perda de Larissa, não sabia se pelas duas coisas.

Um leve torpor tomou conta de seu corpo e um grande vazio ocupou sua mente e seu coração. Teria que ter forças para reagir, mas não seria naquele dia e nem naquela hora. Ficou assim por horas, até que adormeceu e sonhou com uma pelada alegre e divertida com seus amigos, o Charada presente, e quando acordou estava bem diferente daquele rapaz que tinha chegado a Pedra Azul no dia anterior.

Capítulo 23

A família de André instalara-se em Pedra Azul uns vinte anos antes. Seu pai era um "gaúcho paranaense", homem forte e trabalhador, e sua mãe descendia de família tradicional da cidade. No início, trabalhava com lavoura em terras arrendadas na região, depois, com o passar do tempo, montou uma casa de ferragens, principalmente por sentir a necessidade dos plantadores de soja, que precisavam se deslocar até Goiabeiras para comprar ferramentas e também para consertar suas máquinas. Junto dessa nova atividade, montou também uma oficina de recuperação de máquinas e geradores, que atendia aos produtores de grãos.

Era um homem bem-sucedido. Discreto, criava os filhos com parcimônia, sem nenhum exagero.

André, um rapaz simpático, com aproximadamente 1,70m de altura, cabelos castanho-claros e o olhar forte e penetrante, trabalhava com o pai desde os quinze anos, cuidando da loja de ferragens e ajudando na oficina. Após o ensino médio, matriculou-se numa escola técnica, fazendo curso de eletrotécnica, e era um excelente profissional, ajudando a tomar conta dos negócios da família. Sua irmã, uma moça bonita e educada, estava terminando o ensino médio e era companheira da mãe no dia a dia.

Apesar de muito trabalhador, André gostava de tomar cerveja com o tio, irmão de sua mãe, um conhecido boêmio, que se casara duas vezes e, sempre que podia, estava tocando violão e bebendo pelos bares da cidade. Os pais de André falavam com o tio para não levar o garoto, mas ele era uma pessoa muito envolvente e quase sempre os convencia do contrário. Dizia que o menino tinha muitos amigos, que eles ficavam apenas cantando e que a bebida era somente para alegrar o coração.

André não se metia em confusão, mas nos bailes da cidade, ou nas festas particulares, ele estava sempre na companhia daqueles rapazes mais barulhentos e beberrões. Seu pai o aconselhava sobre esse comportamento, mas acabava relevando, pois homem feito e trabalhador não tem mais que ouvir sermão de pai.

No começo, Raquel ficou um pouco ressabiada com o namoro da filha, mas diante do que tinha acontecido com Fernando, achava que era uma evolução, afinal o rapaz era filho de um migrante, tinha propriedades e talvez fizesse a menina esquecer o antigo namorado, o que sua mãe mais desejava.

Capítulo 24

Débora estava sentada a uma mesa, perto da porta de entrada da lanchonete, aproveitando seu intervalo para fazer um lanche. Pedia quase sempre a mesma coisa: suco de laranja sem açúcar e com muito gelo, acompanhado de empadinha de frango com palmito. Fernando já sabia do que ela gostava, e assim que ela se sentava já preparava a bandeja com os ingredientes. Sabia que Débora gostava dele, pois ela demonstrava isso o tempo todo.

Não que ela ficasse falando, mas ele sentia nas atitudes dela, na forma de agir e de falar, na vontade de ficar sempre por perto, e também no interesse pelas coisas de Fernando, como o curso e tudo mais. Mesmo sabendo disso, Fernando jamais tinha incentivado ou mesmo aproveitado as oportunidades. Considerava Débora uma boa amiga, confidente e companheira. Por outro lado, seus pensamentos ainda estavam muito ligados a Larissa.

Por duas vezes que foram ao cinema, no escurinho da sala, Débora segurou carinhosamente a sua mão. Fernando até sentiu vontade de beijá-la, mas não teve coragem, pois não se sentia pronto para outro relacionamento naquele momento e, provavelmente, Débora não queria algo passageiro, ela não fazia o tipo que só quer diversão. Era uma moça séria, e pela amizade que construíra ele não queria iludi-la, ela não merecia um namorado que ainda amasse outra pessoa. Resistiu ao desejo impetuoso e ficou ali vendo o filme que passava sem nenhuma concentração. Fosse perguntado ao sair da sala sobre os melhores pontos do filme, não teria uma resposta satisfatória.

O curso de Enfermagem estava quase no fim, faltando dois semestres para terminar. Seria mais um ano de dedicação para começar a trabalhar no hospital. Aí então poderia ganhar o suficiente para arcar com suas despesas e para ajudar sua mãe e seus irmãos e, quem sabe, comprar um carro. Talvez um apartamento, daqueles que ele via serem lançados em bairros mais afastados. Não importava que fosse assim, pois já estava acostumado com essas dificuldades.

Perto do hospital, a uns dois quilômetros de distância, havia um grande parque rodeado por árvores centenárias, muitos flamboyants, com suas flores coloridas e povoados de pássaros em seus galhos. Dentro do parque havia pequenos lagos, com grama em volta, onde as pessoas se sentavam à tarde para fazer piqueniques, conversar e observar os peixes, como também os patos que tomavam banho e se refrescavam nas suas águas.

Fernando gostava de passear no parque em seus dias de folga, pois era onde podia ficar sozinho e pensar nas coisas que tinham acontecido na sua vida e nos desafios que teria pela frente. Muitas pessoas de diferentes idades, crianças acompanhadas dos pais, casais aproveitando para trocar confidências, jovens que gostavam de jogar *handball*, garotas curtindo músicas com seus fones de ouvido, e algumas outras com cachorros tão bem cuidados que pareciam não ter contato com a terra.

Já tinha experimentado jogar uma ou duas partidas com os rapazes, mas na verdade preferia ler um livro ou apenas ficar observando as pessoas e a paisagem. Sua vontade era de um dia trazer seus irmãos e sua mãe para conhecerem o lugar e se deliciarem com tão aconchegante contato com a natureza. Isso no coração da cidade, rodeado de prédios, carros e muito mais.

Assim é a vida, cheia de transformações. As pessoas vão se adaptando, deixando para trás experiências vividas e buscando novas formas de conhecimento, novas pessoas com quem se relacionar, e tudo continua sempre girando, nunca para.

Todos esses pensamentos, essas angústias, povoavam sua mente, porém Fernando sabia que precisava lutar para superar os obstáculos. Todas as pessoas no mundo, em algum momento, sentem dúvidas, fraquezas e ansiedade, porém somente aquelas dotadas de espírito forte e lutador conseguem vencer as adversidades.

Capítulo 25

Dois anos que passaram rápido como uma flecha. Chegava o grande dia, tão esperado por todos. Fernando terminara o curso de Enfermagem e agora poderia começar a trabalhar no hospital. Sentia-se parte integrante daquela comunidade que ele tanto admirava desde quando chegara ali.

Até sonhara com outras profissões, mas aquele jaleco branco, aquela postura de ajudar as pessoas, aquilo fazia parte de seu interior. Sentia imenso prazer em fazer o bem para aqueles que estavam passando por alguma necessidade. Desde pequeno, sempre que os irmãos menores precisavam de ajuda, ele estava pronto para servir. Ajudava os amigos, as pessoas mais velhas, sempre com um sorriso nos lábios e uma disposição constante.

Por isso, sentia-se muito realizado. Finalmente, iria começar a trabalhar de verdade. Lembrava-se de como todos no hospital tinham ajudado seu pai na época da doença, então ele sentia que poderia retribuir com sua dedicação, com os conhecimentos adquiridos, para o bem-estar das pessoas que buscavam algum tratamento, algum conforto no hospital. Estava certo de que o caminho era esse.

Helena estava muito orgulhosa. Chegara no dia anterior trazendo os irmãos de Fernando e se hospedaram no mesmo apartamento que ele dividia com o amigo. Ernesto cedera suas acomodações para a família como um gesto de boa vontade. Como era bacana aquele rapaz. Tudo isso deixava Fernando muito feliz, de saber que as pessoas também tinham no espírito essa vontade de ajudar.

Nunca esqueceria tudo que o Ernesto fizera por ele. A acolhida quando se mudou para a capital, o apoio em todas as horas difíceis durante a doença do pai. No período de sofrimento pela separação de Larissa, os ouvidos do Ernesto tinham sido o conforto seguro para suas dores.

Tudo estava muito bem arrumado para o evento de mais à noite. Fernando havia comprado a roupa indicada para os formandos, um conjunto de calça e camisa branca, a camisa abotoava na frente, mas parecendo um jaleco, com uma gola alta e o emblema característico da profissão de enfermeiro.

A cerimônia seria bem simples, com uma mesa formada pelo diretor da escola profissionalizante, a secretária do curso de Enfermagem, o doutor Samuel, que era o patrono da turma, e mais algumas pessoas que ele não conhecia. A turma nem era tão grande. Era composta de dezesseis formandos, doze dos quais eram mulheres, apenas quatro homens tinham ficado naquela turma até o final.

Três dos que começaram com eles desistiram, mas para Fernando e toda a sua família aquilo era o coroamento de um sonho. Enfim, estava formado, mesmo que fosse num curso técnico profissionalizante. Quem sabe um dia entraria na faculdade, poderia talvez cursar Medicina, se tornar um médico. Coisas para o futuro, quem sabe.

Pena que Isabel não pôde vir. Ela sempre fora uma companheira fiel, mas o dinheiro estava muito curto e ela não conseguiu viajar com a família. Mas Fernando sabia que ela estava torcendo pelo sucesso dele. De vez em quando pensava em Larissa, que bom se ela estivesse ali, como sua namorada, noiva, mas isso estava fora de cogitação. Já fazia três anos que a tinha visto pela última vez. Tinha voltado do enterro de seu pai, cheio de dúvidas no coração, com os pensamentos em curto-circuito, quando Isabel disse: "Larissa está namorando o André...".

A cerimônia transcorreu da forma prevista. Os discursos não foram muito longos, mas todos exaltaram a beleza da profissão de enfermeiro, a missão e a dedicação desses profissionais tão necessários ao dia a dia das pessoas. O doutor Samuel falou de como era importante para o paciente a atenção do enfermeiro, como era fundamental para a recuperação do doente. A forma como ele era tratado pelo profissional influía em seu estado geral e na sua autoestima.

Helena não desgrudava os olhos de Fernando. Voltava o pensamento para a infância e para a adolescência, quando seus pais queriam que ela e as irmãs estudassem. Seu sonho era se tornar enfermeira ou professora. Não havia conseguido, mas ali estava Fernando realizando um sonho que fora dela. Estava muito realizada e a emoção tomava conta de seu coração.

Era como se ela estivesse se formando naquele momento. Pena que Manoel não estivesse mais ali para presenciar tão sublime momento. Os irmãos sentiam-se bastante orgulhosos. Era um momento de muita felicidade para todos da família, inclusive para Isabel, que estava torcendo a distância, com toda certeza.

Depois da cerimônia foi servido um coquetel para os presentes, ali mesmo no salão principal da escola, e os colegas puderam se abraçar, os familiares tiraram fotografias, todos se alegraram. Foram servidos salgadinhos com refrigerantes e alguns tomaram cerveja, celebrando a felicidade que sentiam.

Esse momento era especial para ele e para a família que estava ali reunida. Sabia que era um exemplo para os irmãos e orgulho para a sua mãe. Faria tudo para ajudar sua família a ter uma vida melhor, disso estava certo.

Já passava das vinte e três horas quando voltaram para casa, todos exaustos, mas visivelmente emocionados, e quando voltassem para a cidade contariam para os vizinhos e conhecidos as proezas do menino pobre nascido em Pedra Azul.

Certamente todos se orgulhariam de Fernando, pois conheciam a história de luta e dedicação daquele rapaz, que desde cedo demonstrava que seria alguém na vida por meio de sua determinação e vontade de vencer. Quem sabe um dia ele poderia voltar a Pedra Azul e aplicar seus conhecimentos ajudando as pessoas de sua cidade, retribuir para os mais carentes tudo aquilo que teve a oportunidade de conseguir através de seu esforço. Quem sabe?

Essas coisas do futuro eram imprevisíveis e ninguém poderia duvidar. Tudo era possível de acontecer e somente Deus sabia aquilo que estava reservado para cada uma das pessoas que habitavam a face da Terra. Mas pensar nisso agora seria perda de tempo, pois qualquer conjectura estava longe de acontecer. Fernando tinha uma vida que estava começando e teria que dedicar seu tempo para aprender mais, para estudar mais e conseguir tudo aquilo que sempre sonhava.

Dormiu pensando que mais uma etapa estava vencida, mas que era apenas o início de uma nova fase da vida, cheia de incertezas e de muita luta.

Capítulo 26

Pedra Azul era uma cidade relativamente pequena e se localizava entre uma formação rochosa de um lado e grandes vales de outro, rodeada de muitos riachos e pastagens verdejantes, onde ficavam as fazendas de criação de gado. A cidade era cortada por um rio de densidade maior, chamado Rio Claro.

O nome, segundo as pessoas mais velhas, havia sido dado por causa das pedras azuis que brilhavam no fundo do rio. Na verdade, as pedras eram brancas, mas em contraste com a luz do Sol, marejadas com o movimento das águas muito transparentes, adquiriam essa tonalidade azulada, daí derivando o nome da cidade.

As montanhas que circundavam a cidade pelo lado sul faziam parte de uma formação rochosa chamada Serra da Bocaina, rica em minerais como ouro, ferro e muitos outros. Constantemente, grandes empresas do segmento de mineração mandavam equipes com aparelhos de pesquisa para tentar encontrar grandes jazidas na região.

Os moradores viviam falando que um dia Pedra Azul entraria no mapa das cidades ricas em extração mineral, mas por enquanto nenhuma empresa havia tomado a decisão de investir ali. A cidade nunca tivera nenhuma atividade comercial forte, exceto os pequenos comércios, como supermercado, farmácia, açougues e bares, e seus habitantes viviam basicamente da agropecuária e cultura de subsistência.

Pequenos agricultores com suas plantações, principalmente de mandioca, milho e tomate, pequenos e médios pecuaristas, que tinham rebanhos de criação de gado nelore, com pouca dedicação ao melhoramento genético, a criação de gado leiteiro, faziam de Pedra Azul uma cidade como outra qualquer do interior do país.

De repente, uma notícia começou a circular entre os moradores de Pedra Azul, revolucionando o dia a dia pacato e modorrento da cidade. Uma grande mineradora tinha descoberto uma jazida de minério de ferro na região e iria implantar um canteiro de obras para exploração desse material.

Segundo os comentários, milhares de empregos seriam criados, a vida das pessoas iria melhorar e tudo seria diferente. Foi como se uma bomba explodisse na praça central de Pedra Azul. Não se falava de outra coisa e todas as conversas giravam em torno da mineradora, dos empregos e dos salários milionários que as pessoas iriam ganhar.

Realmente, os boatos se concretizaram. Não da forma novelesca que as pessoas imaginavam, mas a mineradora iniciou suas atividades e a vida em Pedra Azul tomou um ritmo mais acelerado. Muitos empregos foram gerados, pelo menos trezentas pessoas da cidade foram empregadas. Muitas oficinas foram abertas, restaurantes, bares, lanchonetes, dentre muitas lojas que se estabeleceram em Pedra Azul.

Alguns pequenos comerciantes tiveram sucesso, outros ficaram pelo caminho, mas a cidade, como um todo, mudou seu jeito centenário de ser. Muitos carros e pessoas de outras regiões balançaram a monotonia da pequena cidade para sempre com novos hábitos. Muitos bairros surgiram e as coisas foram acontecendo de forma rápida e consistente.

Ronaldo, com seus vinte anos completos, estava trabalhando como apontador de produtividade na mineradora e ganhava um salário bastante razoável. Conseguiu comprar uma moto, ajudava nas despesas de casa, e namorava uma colega da escola de nome Janaína, moça bonita, educada, de família muito unida e que gostava bastante do rapaz calado e introspectivo, mas que tinha uma atenção especial com todos que o cercava. Formavam um bonito casal e poderiam ter filhos e viver felizes.

Júnior, com vinte e dois anos, estava se mudando para Goiabeiras, onde iria fazer o curso de Pedagogia na faculdade estadual. Assim que terminasse os estudos seria professor do ensino fundamental na escola municipal da cidade.

 A família já lamentava a ausência de Júnior, mas ele dizia que Goiabeiras nem ficava distante, apenas sessenta quilômetros, não era nenhum fim de mundo, nada mais que uma hora de viagem, mas para a família era uma mudança. Sentiam muita falta de Fernando e agora se avizinhava a ausência de Júnior, o que eles teriam que assimilar.

 Apesar de tudo, Helena entendia que o filho estava buscando seu próprio caminho e que para ele seria uma realização. Júnior namorava Tereza, uma menina que fora aluna no mesmo colégio e trabalhava na creche da prefeitura. Era de família humilde, muito bonita e educada. Formavam um lindo casal e Júnior planejava o casamento para o próximo ano, assim que conseguisse um emprego em Goiabeiras.

 Helena fazia gosto nesse namoro e tratava dos detalhes com o filho e a futura nora com tranquilidade. Não sentia o mesmo ciúme silencioso de quando Fernando namorava Larissa. Estava mais resignada vendo os filhos crescerem e tomarem as rédeas de suas próprias vidas. Só queria que fossem felizes realizando o sonho de conseguir as coisas que tanto queriam.

 Júnior se mudou no início de fevereiro, iniciando o curso de Pedagogia na faculdade e logo estava bem adaptado ao dia a dia de Goiabeiras. Arranjou emprego de auxiliar de classe em uma escola, o que lhe rendia o suficiente para se manter e preparar o casamento.

 Uma vez por mês ele voltava a Pedra Azul para ficar com a mãe, com Ronaldo e com Isabel, mas principalmente para rever Tereza, sua querida namorada. Marcaram o casamento para setembro do ano seguinte, quando já tivessem arrumado uma casa em Goiabeiras. Júnior esperava que Fernando pudesse vir ao seu casamento.

 Júnior e Tereza casaram-se com uma cerimônia simples na igreja do padre Romano. Os parentes e convidados prestigiaram, menos Fernando, que não pôde comparecer. Ligou para Júnior desejando felicidades, mas disse que estaria de plantão e não teria como ir ao casamento. Fez muita falta, pois era o exemplo da família, mas mesmo assim tudo transcorreu com normalidade.

Após a cerimônia, todos se confraternizaram e fizeram uma bela festa no salão paroquial da igreja, com doces preparados por Isabel e Helena, refrigerantes e salgados. Alguns tomaram cerveja e dançaram até depois da meia-noite. No outro dia de manhã, Júnior e Tereza viajaram para Goiabeiras e iniciaram sua nova vida cheia de esperanças.

Capítulo 27

Fernando dirigia com cuidado na estrada que levava à cidade de Águas Calientes, local de veraneio, com muitos hotéis, bares e restaurantes. Distante cerca de cem quilômetros da capital, a cidade era de tamanho médio, com aproximadamente sessenta mil moradores, mas ficava lotada nos finais de semana e feriados, quando o número de habitantes quase duplicava. Havia um burburinho de pessoas andando por todos os lados, comprando pequenas lembranças, comendo nos restaurantes ou simplesmente andando de um lado para outro nas ruas da cidade.

A principal atração eram as águas quentes, que diziam ter poderes medicinais. Um rio, que nascia na encosta de uma serra verdejante, cortava a cidade e abastecia as piscinas dos clubes, mantendo a temperatura da água em torno de vinte e sete graus, mesmo no inverno. Isso fazia com que as pessoas ficassem o dia todo nas piscinas. Os mais velhos sentiam revigorar suas forças. As crianças adoravam essas águas quentinhas.

Fernando comprara um carro, um sedan médio usado, mas muito conservado. Já estava morando sozinho, em um apartamento de um quarto, sala e cozinha, localizado a poucos metros do hospital. Sentia-se bastante realizado.

Com três dias de folga acumulados pelos plantões, ele resolveu se divertir no balneário, juntamente com Ernesto e Débora, seus amigos queridos. Uma colega do trabalho que fora apresentada por Débora e que acabou fazendo o curso de Enfermagem com ele era sua companhia naquele dia. Muito simpática, aliás, bonita, Sofia era a moça sonhada por qualquer rapaz. Trabalhava desde quando fazia o segundo grau, primeiro como vendedora de loja, depois como secretária de um escritório de advocacia e, finalmente, como enfermeira.

Foram três dias maravilhosos, em que os amigos puderam tomar banho de piscina, dançar no *night club* do hotel, extravasar seus momentos de alegria e felicidade. Fernando recordava dos tempos de adolescente, quando brincava com seus colegas no riacho, jogava bola no largo da igreja e, em sua mente, revivia aqueles bons momentos.

Mas, na realidade, eram outros tempos, de euforia pelas novas conquistas, profissionais, pessoais e, principalmente, emocionais. Sofia estava ali, dedicando-se exclusivamente àquele momento. Fernando sentia essa energia e gostava disso. Durante o dia, relaxavam na piscina e falavam de seus sonhos, de suas experiências e daquilo que gostariam de conquistar na vida.

Durante a noite, saíam para jantar, e aí trocavam ideia em grupo, pois Ernesto e Débora participavam das conversas e a interação era muito saudável. Na última noite, tomando vinho em um restaurante muito charmoso, ouvindo uma música romântica, Fernando pegou nas mãos de Sofia e olhando fixamente em seus olhos lhe disse:

— Sofia, eu estou muito feliz por você estar aqui comigo neste momento, e por você ter aceitado meu convite.

Sofia olhou para ele demoradamente com um largo sorriso nos lábios e falou:

— Fernando, eu esperava por esse convite há muito tempo. Tinha certeza que seria uma experiência maravilhosa. E pode ter certeza de que estou me sentindo muito bem aqui com você.

Fernando ficou emocionado. Aproximou-se lentamente de Sofia, segurou seu rosto e beijou seus lábios demoradamente. Ela fechou os olhos, seus lábios se abriram e ela recebeu o beijo com total entrega, deixando suas sensações voarem pelo infinito e curtindo de forma inebriante esse momento mágico.

No final do feriado voltaram para a capital e já sentiam uma sensação de pertencimento um ao outro, trocando ideias e conversando com a intimidade que apenas as pessoas que estão se gostando conseguem ter. Falaram de muitas coisas, mas principalmente de como foram felizes naqueles três dias passados juntos.

Capítulo 28

Fernando comprou um pequeno apartamento de setenta metros quadrados, localizado em um bairro distante cerca de dois quilômetros do hospital, com um valor de prestação que cabia em seu orçamento. O prédio era bem construído, dispunha de uma garagem para cada apartamento, área de lazer com piscina, churrasqueira e salão de festas.

Mobiliou o apartamento com a ajuda de Sofia; escolheram os móveis e, ao final, Fernando achou que tinha ficado de acordo com o que estava imaginando. Mudou-se em um dia de folga no serviço e se sentiu como um príncipe em seu palácio real.

Matriculou-se em um cursinho noturno, especializado em preparação para Medicina, e conseguiu ser aprovado para entrar na faculdade. Estudava de manhã e trabalhava à noite, sempre em plantões de 12 por 36 horas. A faculdade de Medicina era particular, do mesmo grupo proprietário do hospital e, como Fernando trabalhava lá, foi contemplado com uma bolsa integral. Percebeu nisso uma ajuda do diretor, que acreditou no seu potencial e percebia seus esforços para estudar e trabalhar.

Em todos os momentos em que imaginou sua vida com Larissa, havia pensado em se casar, ter filhos, uma vida independente, mas jamais havia materializado em sua mente possuir um carro, um apartamento, viver totalmente independente de seus pais e de tudo aquilo que conhecia como vida. E não imaginava Medicina. Era tudo muito surreal, era tudo muito maravilhoso.

Por isso, no dia em que entrou em seu apartamento, sentiu-se como uma pessoa diferente, muito diferente mesmo daquele rapaz que sonhava com alguma coisa, mas no fundo não sabia o que, apenas tinha a certeza de que era algo novo, que deveria haver em outros lugares e que poderia proporcionar um estilo de vida diferente, um aprendizado mais completo e uma vida cheia de oportunidades.

Agora, ali estava ele, podendo virar uma chave na porta e dizer: *Aqui estou eu, dono deste apartamento, dono deste carro, podendo ir e vir da forma que eu quiser...*. Como era poderoso esse sentimento, como era consagradora essa sensação de sentir-se realizado, de possuir, de ser dono do seu espaço e do seu destino.

Algo faltava para Fernando e ele sabia que era Larissa, pois ela estava viva em seus pensamentos, latente em seu coração, mas esse vazio teria que ser preenchido com alguma coisa. Isso era a realidade da vida que seguia seu curso, não adiantava ficar sonhando com algo tão distante e que já não lhe pertencia, e sim a outra pessoa.

Restava para Fernando ficar infinitamente ligado a uma lembrança, sabendo que ela estava com outro, ou buscar uma nova forma de preencher o vazio de seu coração, machucado por amor, mas vivo para as experiências da vida, conquistando espaços dentro de um universo competitivo como era na capital do estado.

E ali do lado estava Sofia. Moça linda, atenciosa, dedicada, compreensiva, e ainda por cima conhecia o drama vivido por Fernando, suas angústias tantas vezes confidenciadas, e ela sempre disposta a ouvir e dar sábios conselhos, como: "Paciência, acredite que as coisas um dia vão melhorar".

Eles tinham uma conexão diferente, talvez pela profissão, talvez por serem pessoas do interior que buscavam seu lugar numa grande cidade. Gostavam de estar juntos e passaram a buscar com mais frequência a presença um do outro. Ali nascia um sentimento novo, maduro, estável. Era uma relação tão natural, ele não precisava se importar com dinheiro, classe social, distância, ciúmes. Estavam ali, os dois, prontos para viverem aquele momento.

Capítulo 29

Ronaldo e Janaína se casaram no último sábado do mês de julho, com a realização de uma cerimônia simples, e estavam felizes. Como sempre acontecia, a cerimônia foi na igreja do padre Romano, e depois houve a comemoração festiva no salão paroquial da igreja.

As famílias eram humildes, e o que realmente elas queriam era confraternizar, e nada melhor do que fazer isso com os amigos, familiares, e principalmente no espaço religioso cedido pelo padre e sob as bênçãos de Deus. O padre era muito inteligente e atencioso e colocava a estrutura da igreja à disposição dos seus fiéis, proclamando os sacramentos religiosos e mantendo os paroquianos por perto.

Isabel, sabendo que Larissa estava na cidade, convidou-a para o casamento, e como Fernando estaria na cerimônia, tramou secretamente o encontro dos dois. Larissa continuava namorando André, mas ninguém entendia por que ainda não haviam se casado. O comentário geral era que o casamento estava marcado para o mês de agosto, assim que ela retornasse a Goiabeiras, ao final do curso.

Naquele dia, ela passava o final de semana com os pais e coincidiu de ser a data do casamento de Ronaldo. Fernando estava em pé, ao lado da mãe, perto do altar da igreja, quando viu Larissa chegar para a cerimônia. Ele não tinha vindo para o casamento do Júnior, mas Ronaldo jamais o perdoaria se não pudesse estar presente. Era seu menino, aquele de quem ele sempre cuidara desde pequeno.

Nunca imaginou que Larissa pudesse estar presente naquele momento. Seu coração disparou, seus olhos marejaram e seus pensamentos ficaram totalmente embaraçados. Quando terminou a cerimônia, todos se dirigiram ao salão paroquial, porém Fernando ficou parado, olhando para Larissa, que não se moveu do banco em que estava sentada, esperando que ele viesse falar com ela.

— Oi, Larissa, quanto tempo, né? — falou Fernando.

— Olá, Fernando, bastante tempo! Já faz quase cinco anos que nos vimos pela última vez.

— Pois é, como o tempo passa, né? Parece que foi ontem — disse ele resignadamente.

Isso Fernando sabia avaliar muito bem. Como o tempo passa e, ao mesmo tempo, como o tempo não sai do lugar. Quase cinco anos se passaram desde que ele tinha visto Larissa pela última vez, no velório de seu pai, e agora ali, na sua frente, parecia que nenhum dia havia se passado.

— Você está morando fora, fiquei sabendo! — disse Fernando.

— Então, estou morando em Goiabeiras, terminando o curso de Pedagogia, me preparando para dar aulas — respondeu Larissa.

Como ela está linda!, pensou Fernando. Agora, com vinte e quatro anos, todas as linhas de seu rosto estavam consolidadas. Seu corpo tinha amadurecido, seus olhos eram mais profundos, sua voz tinha uma tonalidade diferente.

— Isabel me convidou para o casamento. Como eu estava aqui de visita, achei que deveria vir. Não sabia que você estaria aqui hoje, embora esperasse te ver — disse ela meio encabulada.

— Eu não poderia faltar. Já não tinha vindo para o casamento do Júnior. Hoje, precisava estar aqui. Ronaldo é muito importante para mim — disse ele calmamente.

— Eu sei. Você sempre se preocupou muito com ele — respondeu Larissa.

— E o seu namorado? É o André, certo? — Fernando perguntou meio sem jeito.

— Sim. Ele está fazendo um atendimento na mineradora. A oficina do pai dele é a responsável pela manutenção, e deu problema no gerador. Ele deve passar a noite por lá — falou Larissa.

Caminharam para o salão paroquial e se juntaram às outras pessoas. A noite transcorreu na maior alegria, com todos dançando, bebendo e cantando, e ninguém notou que em determinado momento duas pessoas se ausentaram silenciosamente do salão.

Fernando pegou carinhosamente na mão de Larissa e sentiu que seu coração disparava. Já tinham conversado durante mais de três horas enquanto as pessoas dançavam e cantavam no salão paroquial. Ninguém veio incomodá-los, como se houvesse um pacto silencioso para que os dois ficassem juntos sem serem perturbados. Falaram de todas as angústias dos anos passados longe, da saudade e de como a vida estava sendo levada adiante.

A mão forte de Fernando tocou a mão de Larissa e ela sentiu que uma descarga elétrica tomava conta do seu corpo. Como podia ter ficado tanto tempo longe daquele homem! Como podia ter sido tão fraca, não ter se rebelado contra a mãe e não ter ido embora. Aceitou passivamente a situação, mesmo sofrendo como uma louca, porém sabia que não fora o comportamento adequado.

Saíram vagarosamente do salão e entraram no carro de Fernando, que estava estacionado logo adiante. Ele dirigiu por mais ou menos dez minutos até o início da trilha do mirante, o lugar secreto deles. Por acaso, no som do carro tocava o hino de amor de que eles tanto gostavam, *Ain't no Sunshine...* Estacionou o carro sem trocar uma palavra sequer. A Lua estava pálida, coberta por uma nuvem grande e densa, como se estivesse com preguiça de clarear aquela paisagem e testemunhar aquele amor sem limites.

Ela caminhou até a árvore, deslizou a mão por seu tronco e sussurrou:

— É muito errado o que estamos fazendo...

Fernando a abraçou por trás e disse em seu ouvido:

— Mas a saudade é tão grande!

Então, delicadamente ele a girou pela cintura, ficando um de frente para o outro, seus olhos se encontraram e em seguida seus lábios se juntaram num beijo longo e carinhoso. Saborearam aquele beijo e ali, sob a luz da Lua, se uniram mais uma vez num amor urgente e sem pudor.

Fernando sabia que nada do que aconteceu naquela noite mudaria a realidade vivida por eles. Larissa também acreditava que tudo ficaria como antes. Mas os dois tiveram a certeza de que aquele amor outrora vivido estava presente entre eles e duraria para sempre.

Foram longos anos separados, ele buscando seus sonhos na capital, e ela subjugada pelos caprichos da mãe. Não tiveram como assumir o relacionamento e cada um seguia da forma que ia conseguindo.

Na manhã seguinte àquele encontro, Larissa retornou para Goiabeiras, sentindo como se um pedaço de sua vida tivesse ficado em Pedra Azul, ou, quem sabe, teria viajado para a capital. Enfim, não estava com ela. Por várias vezes chorou silenciosamente, sua mãe querendo saber do que se tratava, porém ela não poderia jamais revelar o que estava sentindo e muito menos o que tinha acontecido na noite anterior, entre ela e Fernando.

Fernando estivera com ela por um breve momento, mas que para sempre seria lembrado. A mãe de Larissa jamais poderia imaginar uma coisa dessas, seria uma grande decepção, e Larissa jamais poderia prever sua reação. Despediu-se de sua mãe e entrou no quarto, fechou a porta e chorou copiosamente até adormecer.

Capítulo 30

A formatura de Larissa aconteceu no final de julho, na primeira turma de formandos daquele ano. A festa foi muito animada, mas ela estava angustiada e se sentia como um peixe fora d'água, totalmente ausente do ambiente alegre e descontraído dos colegas. Amigos e parentes compareceram, exceto sua avó, que estava muito debilitada e caminhava com muita dificuldade. André e os pais também prestigiaram o evento.

Como esperavam apenas a formatura para se casarem, fizeram isso na primeira semana de agosto na igreja do padre Romano. Raquel se esmerou nos preparativos, convidou os amigos e encomendou um *buffet* de Goiabeiras. Estavam presentes todas as pessoas que eram importantes na cidade e também alguns convidados de fora. O prefeito, o bispo da diocese regional de Goiabeiras, a irmã Glória do internato e muitos outros conhecidos.

A igreja estava muito bonita, forrada com um tapete vermelho que cobria toda a extensão do corredor, desde a porta principal até o altar. Rosas desciam pelo teto e pelas paredes da igreja, em contraste com lindas samambaias escorregando como trepadeiras pelas laterais das janelas. Castiçais de cristal portavam velas acesas ao longo do corredor.

No altar, três grandes buquês de rosas enfeitavam a nave principal, onde o padre Romano esperava com suas vestes de gala. Era uma ocasião especial e ele trouxera dois padres e quatro coroinhas, todos paramentados com suas melhores vestimentas.

O *staff* do cerimonial se completava com um pianista instalado ao lado da nave central, acompanhado por meninos e meninas do coral da escola de música de Pedra Azul. Eles entoavam o hino nupcial com extrema emoção naquele casamento dos sonhos.

Tudo muito lindo e perfeito.

Larissa estava deslumbrante em um vestido branco com rendas transparentes. Os cabelos presos no alto da cabeça amparavam uma grinalda em forma de coroa e o véu de seda branca escorrendo pelas costas até os calcanhares. Pedra Azul nunca presenciara uma noiva tão linda, porém no fundo do seu coração, estava triste, pois esse momento ela se imaginava com outra pessoa, de forma muito diferente.

Mas esse era o seu momento, essa era a sua vida, e ela precisava seguir em frente. Enquanto entrava na igreja, olhava as pessoas postadas com seus pares e pensava: quantas daquelas pessoas ali presentes tinham realizado o sonho de suas vidas? Quantas delas tinham se casado com o amor descoberto na flor da adolescência? Talvez poucas. E quantas eram realmente felizes? Impossível saber, pois as pessoas acabam se adaptando à realidade e deixando seus sonhos para trás, vivendo a vida que conseguiram no presente e alimentando ou esquecendo os sonhos perdidos na caminhada.

Imersa em seus pensamentos, caminhou até o altar lembrando-se de sorrir, *pois uma noiva deve sorrir para os convidados,* dizia sempre sua mãe. Bem na frente, na primeira fila, estava sua querida avó, sentada em uma cadeira de rodas, com o olhar brilhante marejado de lágrimas. Sabia que sua flor mais preciosa estava se casando, mas seu coração pertencia verdadeiramente a outra pessoa.

Duas garotas amigas da família foram convidadas para damas de honra, e sua amiga Camila foi a dama de companhia. O padre Romano se esmerou no sermão para os noivos e aproveitou para falar diretamente às famílias sobre a importância do sacramento do matrimônio.

Gostava de falar e naquele dia estava inspirado. Era o casamento de maior relevância nos últimos tempos em Pedra Azul. Como perder a oportunidade de demonstrar seus conhecimentos e a capacidade de envolver as pessoas? A cerimônia durou mais de uma hora, mas no final todos acharam que o casamento tinha sido maravilhoso. Iriam falar dessa data por muitos e muitos anos.

Terminada a cerimônia, os convidados foram se dirigindo para o Clube Recreativo, onde seria a festa de comemoração. Uma banda contratada pelos pais de Larissa tocou até a madrugada, todos comeram e beberam à vontade, dançaram e foram felizes naquela noite.

Os noivos, agora marido e mulher, viajaram logo ao amanhecer para uma semana de lua de mel em uma praia no litoral.

Larissa nunca tinha viajado além de Goiabeiras. Sentia muita vontade de conhecer o mar. Queria adentrar por suas águas azuis, às vezes com tons de verde, que via na televisão, andar na areia com os pés descalços, enfim, sentir a maravilhosa sensação de estar em um lugar diferente.

André estava muito feliz, sua família esteve presente no casamento, seus pais tinham convidado familiares de longe e ninguém deixou de presenciar a cerimônia. Naquele dia, por incrível que pareça, não provou uma gota sequer de bebida, concentrando-se em cumprimentar as pessoas presentes e curtir de forma agradável aquele momento tão sonhado em sua vida.

Ganharam muitos presentes, que seriam levados para a casa que já tinham para morar. Era uma casa imponente, muito bonita e confortável, localizada em um condomínio fechado, com lindos jardins e margeada por uma cerca viva que protegia dos olhares curiosos. A casa havia sido decorada por uma arquiteta amiga de Raquel, com os móveis, cortinas e objetos sendo trazidos diretamente da capital.

Capítulo 31

Fernando e Sofia estavam namorando, e depois de seis meses de namoro os dois resolveram morar juntos. Sofia se mudou para o apartamento dele. Não falavam em casamento, mas a vida era calma e ao mesmo tempo muito intensa. Trabalhavam no mesmo local, mas quase nunca se encontravam no hospital. Seus horários eram bem diferentes.

O tempo de Fernando era cada vez mais escasso. Estudava de manhã e à tarde, trabalhava à noite e ainda levava muitas tarefas da faculdade para fazer em casa. O curso de Medicina era muito puxado, exigindo uma dedicação constante da parte dele.

Na maioria das vezes, quando um chegava o outro estava saindo. Faziam um esforço danado para que as folgas fossem em dias coincidentes, pois assim poderiam passear e curtir a vida a dois. Faziam passeios nos parques, viajavam para pequenas cidades históricas, saíam para jantar e muitas vezes realizavam pequenos encontros com os amigos do trabalho.

A vida seguia de forma tranquila e a lembrança de Larissa estava cada vez mais distante. Nunca a esqueceria, disso ele tinha certeza, mas a presença constante de Sofia preenchia os dias com outras demandas, e o tempo ia passando. O trabalho no hospital, a faculdade de Medicina, os amigos, tudo contribuía para as coisas se ajeitarem.

Isabel tinha falado do casamento de Larissa. Uma vez, quando ela telefonou, disse que os preparativos envolviam toda a cidade e que prometia ser uma festa inesquecível. Quando Fernando falou com sua mãe, Helena perguntou como ele estava se sentindo, e Fernando lhe disse que a vida estava normal, que estava seguindo em frente e que estava tudo bem.

Em outra oportunidade, Isabel falou que a cidade toda comentava que a festa tinha sido um acontecimento, que Larissa estava linda. Mas para Fernando parecia mais uma história de uma prima distante do que o casamento de alguém que fora tão próximo.

Estava realmente acomodado com a situação. Claro que em algumas horas tudo vinha à tona, porém ele buscava outros pensamentos, envolvia-se no trabalho e também contava com a presença de Sofia para escorraçar essas lembranças.

Fernando fizera todo o possível para não perder a oportunidade de ficar com Larissa, mas as circunstâncias não ajudaram, assim como sua condição financeira e pessoal na época, quando não podia nem a chamar para fugirem; a fragilidade dela em relação à família, ao domínio da mãe, tudo isso havia conspirado para que eles não ficassem juntos.

O principal fator de distanciamento, sem dúvida, foi a longa temporada de Larissa no colégio interno em Goiabeiras. Quando se falavam ao telefone, e também quando podiam se ver, mesmo por pouco tempo, a chama e a esperança se renovavam. Mas ficar meses e meses sem se falarem, nenhum contato um com o outro, tinha realmente sugado todas as suas forças e jogado suas esperanças no chão.

Não culpava Larissa absolutamente por nada. Sabia que ela o amava de verdade. Mas como lera uma vez em um livro: "Amor apenas não basta, é necessário entrega, presença e constante dedicação de um para o outro". Isso era tudo que eles queriam, mas infelizmente não tinham conseguido.

Capítulo 32

Em um sábado, quando estavam de folga, Fernando e Sofia foram passear em uma cidade cerca de uns oitenta quilômetros da capital. Cidade histórica, dos tempos do ouro, que conseguira preservar suas antigas construções coloniais, e com o tempo ficou sendo um lugar muito charmoso, que atraía os amantes daqueles tempos calmos e diferentes das cidades atuais, muito cheias e barulhentas.

As ruas eram calçadas com paralelepípedos e quando os carros passavam faziam um barulho enorme sob os pneus. As mulheres que arriscavam um salto alto corriam o risco de torcer o pé naquelas ruas de pisos irregulares. O charme dos restaurantes, o rio que cortava a cidade de uma ponta a outra, a ponte de madeira e as pessoas tomando banho numa pequena praia às margens do rio faziam com que o clima bucólico remetesse as pessoas literalmente ao século passado.

Em determinadas épocas do ano, a cidade era transformada em campo de luta para representação da guerra entre mouros e cristãos, tradição das antigas lutas da Era Medieval.

Os cavaleiros eram reconhecidos por seus trajes característicos, e os cristãos, com seus uniformes azuis e brancos, representavam os soldados romanos, com elmos reluzentes e espadas talhadas em madeira. Os mouros usavam vestimentas vermelhas e máscaras sobre o rosto, para dar a dimensão da crueldade em suas façanhas.

A cidade se preparava durante o ano inteiro para esse momento de consagração do folclore, e quase todos os habitantes se envolviam de alguma forma naquele evento. Ao final, depois das apresentações, os guerreiros se confraternizavam e todos se divertiam, pois tudo não passava de uma grande encenação festiva.

Lindas igrejas, pousadas charmosas, feiras ao ar livre, cachoeiras deslumbrantes, inúmeras trilhas, exposições de artesanato e comidinhas típicas completavam o charme dessa pequena cidade encravada entre as montanhas.

Pela importância histórica, a cidade havia sido tombada, tornando-se patrimônio histórico cultural, e atraía gente de todas as partes. Famosa pela culinária que desenvolveu ao longo dos tempos, a cidade era um lugar que Sofia gostava muito de visitar. No começo, Fernando achava a cidade um pouco monótona, mas com o tempo aprendeu a gostar do jeito tranquilo e pacato do lugar.

Preferiam os dias de menor movimento, pois nos finais de semana e também na época das festas típicas, saraus, e outras atividades, a cidade calma e tranquila se transformava em uma pequena metrópole. Pessoas de diferentes localidades lotavam as pousadas, os restaurantes, e os serviços deixavam a desejar.

Fernando e Sofia curtiram a cidade naquele dia. Visitaram um museu do tempo do garimpo, caminharam por trilhas e cachoeiras e chegaram ao hotel no final da tarde, bastante cansados. Sofia sentia-se indisposta, meio tonta, e preferiu ficar quieta. Fernando, entretanto, queria muito sair e insistiu para irem jantar em um restaurante que tocava música ao vivo, com deliciosa moqueca de peixe.

Sofia consentiu e foram para o restaurante. A música ambiente, as pessoas falando baixinho, as luzes muito discretas, tudo levava ao clima de sossego e romance. Eles se sentiram muito bem, completamente envolvidos, como somente os namorados sabem ficar. Sussurros juntinho ao ouvido, palavras apaixonadas, arrepios ao toque delicado e displicente em qualquer parte do corpo.

Pediram a moqueca de peixe, tomaram um vinho branco delicioso e ouviram música, enquanto aguardavam o prato escolhido. A comida chegou trazendo um aroma delicioso. Fernando primeiro serviu Sofia e depois serviu a si mesmo. Tudo estava impecável, o gosto, o tempero, enfim, uma escolha perfeita para uma noite inesquecível.

Na metade do jantar, Sofia começou a sentir-se mal, não conseguindo comer mais nada. O mal-estar sentido no retorno do passeio voltou, porém com maior intensidade. Pediu a Fernando para irem para o hotel, com o que ele prontamente concordou. No caminho, ele amparou Sofia, pois ela mal conseguia andar. Foi uma noite muito ruim e voltaram para casa na manhã seguinte.

Quando chegou ao hospital, Sofia procurou a médica de plantão. Já desconfiava do que estava se passando, porém queria ter certeza. Aqueles sintomas eram muito peculiares. A médica pediu um exame e no final da tarde chamou Sofia para conversar.

— Não se preocupe com nada, Sofia. Precisa apenas descansar, pois você está esperando um bebê.

Não foi surpresa para ela. Já esperava aquele resultado, pois fazia uns dois meses que percebia que seu corpo estava mudando; sentia cansaço, irritação, muita azia em tudo que comia, e principalmente uma dor constante no estômago, além de às vezes sentir-se tonta sem nenhum motivo aparente. A menstruação ficara irregular e já há dois meses não acontecia.

A notícia foi recebida com alegria, mas também com um pouco de medo. Não sabia como Fernando iria reagir. Não estava casada, se bem que isso pouco importasse para ela. Mas se ia ter um filho, ou filha, ela queria que a criança chegasse em um ambiente estável. Sabia que Fernando gostava dela, que tinham uma afinidade muito profunda, mas será que ele ficaria feliz em ter um filho? Será que um acontecimento desses, sem planejamento, não iria abalar sua relação com Fernando?

Sofia sentia por Fernando um amor bastante sólido, que crescera ao longo da convivência, desde quando estudavam no curso de Enfermagem e sempre se encontravam na escola. Depois esse amor se consolidara no trabalho, no dia a dia que eles passavam quase sempre juntos. Ouvira muitas histórias de sua família, dos seus amigos, e também da odisseia com Larissa. Muitas vezes sentia vontade de abraçá-lo, de acariciar seu rosto, enfim, de dar a ele tudo aquilo que ele não conseguira com seu amor não concretizado.

Esse relacionamento foi crescendo, o sentimento de pertencimento também, e quando viajaram para o balneário, tudo se concretizou. Agora moravam juntos, dividiam o mesmo teto, mas nunca tinham falado em filhos, em casamento, em nada. Apenas tocavam a vida um ao lado do outro, sentindo-se bem e amparados mutuamente.

Um filho seria uma responsabilidade muito grande. Se Fernando não aceitasse, ela teria que se virar sozinha. Estava envolta nesses pensamentos quando Débora chegou e falou carinhosamente.

— Que está acontecendo, amiga? Parece que você está no mundo da Lua. Estou indo tomar um lanche. Quer me fazer companhia?

— Olá, amiga, tudo bem. Nem vi você chegar. Vamos sim, sem problema.

Caminharam para a lanchonete, pediram a comida e, enquanto esperavam, Débora disse carinhosamente.

— Amiga, posso te ajudar? Está acontecendo alguma coisa?

— Estou grávida. Pensa como está minha cabeça — disse Sofia com os olhos marejados de lágrimas.

— Que maravilha, quando ficou sabendo?

— Eu já desconfiava, porém falei com a doutora agorinha e ela confirmou — respondeu com um suspiro.

— Fernando já sabe?

— Não falei nada para ele. Nem sei se vou contar agora — Sofia falou apreensiva.

— Conta, amiga, vocês estão se dando tão bem, ele vai ficar feliz — incentivou Débora.

— Não sei — respondeu Sofia. — Vou pensar um pouco.

Ficaram mais um pouco no café, Sofia falando de suas angústias e Débora dando-lhe forças para contar para Fernando, e para aproveitar esse momento tão especial.

Capítulo 33

A vida em Pedra Azul seguia seu ritmo normal, Larissa se acostumando com a vida de casada e com o dia a dia ao lado do marido. Por um tempo seria uma jornada de conhecimento para os dois. Teriam que encontrar o equilíbrio para a vida em comum. André trabalhava o dia fora e só chegava ao anoitecer. Larissa trabalhava como professora auxiliar na escola municipal e ocupava toda a manhã com seus alunos. Na parte da tarde, seu tempo era consumido na preparação das aulas e correção de provas.

Vó Tica estava muito doente e ultimamente vivia de casa para o hospital. Larissa sofria com essa situação, vendo sua avozinha definhar indefinidamente. No entanto, apesar de debilitada, Vó Tica estava lúcida e ainda se interessava pelos assuntos da família e, mesmo doente, continuava sendo a melhor conselheira de Larissa.

Quatro meses depois do casamento, certa manhã Larissa acordou sentindo-se muito indisposta, ligou para o hospital e marcou uma consulta com a ginecologista. Após as avaliações rotineiras, a médica pediu alguns exames, e quando Larissa a viu retornar com os resultados, qual não foi a sua surpresa ao saber que estava esperando um filho.

— Parabéns, Larissa, você está esperando um bebê. Precisamos fazer uma ultrassonografia para identificar a idade do feto e iniciar o acompanhamento do pré-natal — disse a médica com um sorriso nos lábios.

Foi uma notícia inesperada que deixou Larissa atordoada. Não estava preparada para esse evento com tanta rapidez, achava que isso poderia acontecer mais adiante, quando o relacionamento entre ela e André estivesse bem consolidado. Ainda estavam se conhecendo como marido e mulher e nada disso tinha sido planejado.

Primeiro contou para sua avó, que lhe deu o maior apoio, dizendo que isso fazia parte da vida de uma mulher, principalmente jovem e casada. Mesmo assim, Larissa estava angustiada. Como isso foi acontecer assim tão de repente, sem nenhum aviso, sem planejamento e sem ela estar preparada...

— Vovó, como eu vou fazer? Não estava esperando. Nem sei como me comportar com essa gravidez — disse Larissa, chorando baixinho.

— Eu sei como se sente, minha filha, mas isso é natural, no primeiro momento ficamos assustadas, depois tudo fica bem! — respondeu a avó, enquanto acariciava o cabelo da neta.

— Eu sei, vovó, mas estou muito angustiada.

— Não se preocupe, estamos todos com você, sua mãe vai gostar muito da notícia, seu pai vai ficar muito feliz.

— Sim, sim, vovó, mas e o André? Como vou dizer a ele, será que ele vai ficar feliz? — falou Larissa ainda chorosa.

— Claro, minha filha, conte para ele. Você verá que ele vai ficar muito feliz — disse sua avó com segurança.

Raquel, de fato, ficou entusiasmadíssima. Tão logo ficou sabendo já contou para as amigas e começou a preparar o enxoval, convicta de que seria uma menina tão linda como Larissa e iria se chamar Daniela. Nem perguntou se a filha concordava, mas isso para Larissa nesse momento pouco importava, estava muito mais preocupada com a reação de André e com os passos daí em diante.

Larissa esperou André, que chegou ao final do dia, e mostrou-lhe o exame. Disse que não esperava, mas que a doutora tinha confirmado a gravidez. André abraçou sua esposa carinhosamente, disse que estava feliz, mas, de certa forma, ela não sentiu um grande entusiasmo da parte dele. Parecia mais uma manifestação protocolar. Ficou totalmente insegura com aquela reação. André sentou-se na varanda, abriu uma cerveja e ficou tomando a bebida silenciosamente. Larissa não podia saber no que ele pensava, mas seus pensamentos estavam bem distantes.

Capítulo 34

Fernando chegou em casa exausto do trabalho. Sentou-se na cama e acariciou Sofia, que ainda dormia profundamente. Passava um pouquinho das sete horas da manhã e o plantão tinha sido muito estressante; muitos doentes necessitando de cuidados, muitos parentes desesperados.

Uma noite daquelas!

Sofia abriu os olhos, espreguiçou lentamente e sorriu para ele com muito amor. *Como é linda essa moça,* pensou Fernando. Como era bom tê-la ao seu lado. Levantou-se e foi tomar um banho. Quando voltou, ela estava sentada na cama olhando para ele com intensidade.

— O que você está tramando? Estou exausto. Trabalhei a noite toda, sem um minuto de descanso — disse Fernando em tom de brincadeira.

— Venha aqui, meu querido. Não precisa ficar assustado que não vou te atacar, não. Quero apenas te abraçar — falou Sofia, com um sorrisinho maroto.

Sofia o acolheu em seus braços e assim ficaram por um longo tempo. Depois ela se levantou, escovou os dentes e os cabelos e foi preparar o desjejum para os dois. Fernando beijou-a carinhosamente e foi se deitar. Naquele dia não teria aula, pois era um feriado municipal e nada funcionaria. Adormeceu imediatamente e sonhou com seus amigos jogando bola e pulando no rio. Charada estava presente no sonho, como se estivesse ali ao seu lado e nunca tivesse partido.

Acordou totalmente recuperado. Sofia já havia saído para trabalhar. Tomou um banho e aproveitou para terminar umas tarefas da faculdade. Estava no sétimo período, faltando três para terminar. Dentro de dois anos, no máximo, estaria formado e poderia iniciar um novo ciclo na sua vida.

No sábado, a folga de Fernando coincidiu com a de Sofia e ela o convidou para sair. Ela queria comer algo diferente e poderiam ir a um restaurante perto de casa. Fernando concordou, pois estava com muita vontade de espairecer um pouco. Pediram um vinho, e enquanto eles bebiam, Fernando olhou para ela intensamente e lhe disse com muito carinho:

— Como você está linda, Sofia. Esse vestido fica muito bem em você!

— Obrigada, são seus olhos — respondeu Sofia.

— Nada disso, garota, você é muito linda mesmo, e me faz muito bem — disse Fernando, segurando suas mãos.

— Que bom que pensa assim, pois você também me faz muito bem. Você foi um presente que ganhei de Deus — Sofia respondeu emocionada.

— Que bobagem, você que é um presente para mim.

Sofia agradeceu e, sorrindo, disse para Fernando:

— Preciso lhe contar uma coisa, espero que você não brigue comigo e nem me jogue lá fora — Sofia falou com suas mãos entrelaçadas às de Fernando.

— É mesmo? Diga-me! Parece algo muito sério — brincou Fernando.

Meio sem jeito, com um sorriso tímido e retraído, Sofia disse:

— Eu não queria, mas estou grávida. Faz alguns dias que eu queria te contar, mas não tinha coragem.

Fernando ficou paralisado. Em um segundo toda a sua vida foi exibida em *flashback*: via Larissa em todos os *slides*, como se fosse uma visão do passado e do futuro ao mesmo tempo. Refeito da surpresa, Fernando olhou fixamente para Sofia e disse:

— Meu Deus, isso é uma ótima notícia! Estou muito feliz. E o nosso filho será muito bem-vindo!

Sofia começou a chorar. Não de tristeza, mas de felicidade. Ensaiara esse momento por tantas vezes, mas não imaginava qual seria a reação de Fernando. E se ele não recebesse bem a notícia? Sua insegurança era tamanha que já pensava na possibilidade de criar a criança sozinha, afinal eles eram somente namorados. O relacionamento era ótimo, mas uma criança mudava tudo. Agora estava em paz e a felicidade escorria por sua face.

Fernando pegou o vinho, colocou até a metade das duas taças, pegou uma e entregou a outra para Sofia. Disse, olhando fixamente em seus olhos:

— Vamos brindar este momento. À felicidade de nós três, e que Deus nos dê sabedoria para acolher esse presente.

Sofia não conseguiu falar. Brindou e tomou somente um gole de vinho, pois agora era mãe, teria que tomar todos os cuidados para a saúde do bebê. Agradeceu a Deus, silenciosamente, a bênção de ter escolhido o homem certo para formar uma nova família.

Fernando acabou tomando o vinho sozinho, jantaram, conversaram e fizeram grandes planos para quando o bebê chegasse. Ele disse que sempre pensou em ter um menino, afinal crescera em uma família só de garotos, mas Sofia achava que seria uma mocinha. Porém, estavam tranquilos sobre qualquer preferência de Deus em relação ao sexo da criança.

O que Ele escolhesse seria bem recebido, e agora cuidariam ainda mais um do outro e daquela família que se formava. Continuariam a cada dia construindo aquele amor e conhecendo melhor aquele serzinho que chegaria para preencher a vida deles com alegria e felicidade.

Capítulo 35

Helena continuava sua vidinha de sempre em Pedra Azul. Agora muito mais calma, pois os meninos tinham se casado e cada um tomava conta de sua vida. Apenas ela e Isabel continuavam morando na casa construída por seu marido, na qual tinha grandes recordações e muita saudade. Fernando morava na capital, mas se falavam com frequência.

Como se sentia orgulhosa das conquistas de seu primogênito! Contra todas as dificuldades, logo seria um doutor. Conseguira passar na faculdade e estava quase se formando. Mal podia acreditar que tamanha felicidade podia caber em seu coração.

Isabel cuidava da casa e trabalhava fora. Namorava o Antônio, mas nunca decidia se queria se casar. Até que Helena incentivava, mas Isabel sempre achava uma desculpa para continuar com as coisas do mesmo jeito. Helena não ia ficar insistindo, afinal a vida era dela, e ela deveria saber o que estava fazendo.

Uma vez ou outra, Helena visitava Ronaldo em sua casa. Dava-se muito bem com sua nora Janaína, e quando podia ajudava nas tarefas de casa, coisa que a nora sempre dispensava. De dois em dois meses, Helena pegava o ônibus e passava de dois a três dias na casa do Júnior em Goiabeiras. Tereza, sua nora, trabalhava em uma loja como contadora e os dois se davam muito bem.

Helena pensava orgulhosa: como Deus tinha sido bom para ela. Seus filhos todos muito bem encaminhados, com a vida em ordem, conseguindo realizar os sonhos de viver conforme o planejado. Faltava Manoel, mas isso também fora uma decisão de Deus, e ele deveria estar bem e zelando por todos de onde estivesse.

Por duas vezes, Helena tinha viajado para a capital para visitar Fernando. Nessas ocasiões, teve a oportunidade de conhecer Sofia e ficara impressionada com a simplicidade e beleza daquela moça. Tinha muita esperança que o relacionamento deles pudesse dar certo, mas, com toda sua experiência, acreditava que não deveria se intrometer. Tinha de deixar as coisas seguirem seu curso.

Sofia a tratava com muito carinho e, nessas oportunidades, tinha reservado parte de seu precioso tempo para levar Helena a alguns lugares importantes na capital. Visitaram alguns museus, algumas praças famosas com monumentos e também o principal shopping center da capital.

No shopping, Helena pôde conhecer um verdadeiro templo de consumo. Lojas muito bonitas, mulheres lindas e elegantes, tudo muito limpo, organizado e seguro. Tiveram até oportunidade de ir ao cinema assistir um filme que estava em cartaz, e Helena reviveu uma fase de sua juventude, quando um circo itinerante exibiu certa vez um filme de Mazzaroppi em uma tela improvisada que chuviscava o tempo todo. Mas era um programa e tanto ver aqueles personagens nas telas contando histórias às vezes tristes, mas muito emocionantes.

Cada vez que voltava dessas visitas, sentia que Fernando estava mais maduro e mais concentrado em vencer os obstáculos, terminar o curso de Medicina e iniciar uma nova etapa de sua vida.

Quando chegava a Pedra Azul, sentia o impacto da vida calma e monótona, tudo se voltando para a rotina do dia a dia, sem muitas novidades; porém, isso também deixava Helena feliz, saber que as coisas todas encontravam seu lugar e sua forma, e que ali era o seu mundo e a sua realidade. Nada importava, além de seguir em frente e agradecer a Deus por tudo que tinha na vida.

Capítulo 36

Passados seis meses do casamento de Larissa, ela já estava com a gravidez bem adiantada quando veio a notícia de que Vó Tica foi internada novamente no hospital. Larissa terminou de dar aulas e seguiu diretamente para o pronto-socorro.

Raquel e Alberto já se encontravam no hospital acompanhando a avó, que nesse momento estava fazendo uns exames complementares. O estado dela era muito crítico, disse a médica encarregada do plantão no hospital. Estava com pneumonia e muito debilitada. Larissa chorava baixinho, extravasando a dor que estava sentindo naquele momento.

Sua avó tinha vivido uma vida plena de realizações, criou as filhas com muito carinho, porém com princípios rígidos de comportamento. Nunca fora uma mãe controladora como Raquel, procurava ajudá-las a entender e buscar o melhor para suas vidas.

Vó Tica tinha amado seu marido, mas ele partiu ainda jovem, antes dos cinquenta anos, deixando para ela a tarefa de cuidar das duas filhas do casal, Raquel e Maria Eduarda, que tinha se casado, antes de Raquel, com um capitão do Exército, e vivia mudando de cidade a cada dois anos. Maria Eduarda tinha ganhado dois filhos, ambos já casados e resolvidos na vida. Moravam longe e sem muito contato com ela.

A cada ano se reuniam no período das férias e faziam grandes comemorações, quase sempre em Pedra Azul. Quando era mais jovem, Vó Tica viajara até o litoral, onde morava um dos netos, filho de Maria Eduarda, e tivera a oportunidade de conhecer o mar. Porém, ultimamente só se encontravam quando vinham passar três ou quatro dias na casa de Raquel, sempre na virada do ano.

Agora, nesse momento triste as filhas estavam presentes, acompanhando o sofrimento da mãe. Imaginavam que aquela seria a última jornada para ela e por vezes as irmãs choravam no ombro uma da outra, recordando como eram unidas na adolescência.

Sempre estiveram juntas, falando dos sonhos e das oportunidades, e quando Maria Eduarda se casou ficou um grande vazio na vida de Raquel, pois logo depois seu pai morreria em um acidente, e a falta da irmã foi muito dolorosa. Estavam juntas novamente, uma pela outra, pois somente elas sabiam a dor que teriam de suportar com a falta de sua mãe querida.

Larissa entrou no quarto do hospital para visitar sua avó. Não sabia, mas pressentia que seria a última vez que a veria com vida. Vó Tica estava deitada com os olhos fechados e respirava lentamente. Ela caminhou passo a passo até a beira da cama e sentou-se na cadeira que estava ao lado da cabeceira, procurando não fazer barulho para não a acordar. Pegou carinhosamente na mão de sua querida velhinha e falou:

— Vozinha, como você está se sentindo? Estou muito triste porque você está doente. Quero que você volte logo para casa — disse Larissa quase como num sussurro.

Vó Tica abriu os olhos e olhou demoradamente para Larissa, não conseguia mais falar, seus lábios estavam mudos. Apertou sua mão e ela sentiu que sua avó estava lhe dizendo que a amava muito.

Larissa chorou silenciosamente. Uma parte importante de sua vida estava indo embora naquele momento. Beijou sua avó carinhosamente na testa, saiu caminhando lentamente pelo corredor do hospital, não queria que a avó a visse tão infeliz. Tentou enxugar as lágrimas, mas elas continuavam rolando pelo seu rosto sem pedirem permissão.

Vó Tica veio a falecer num domingo de manhã. A não ser Larissa, poucos sentiam que tivesse acontecido uma tragédia, um passamento fora do tempo ou uma inversão de valores, quando uma pessoa jovem deixa este mundo com muita coisa ainda por fazer. Nesse caso, Vó Tica já estava com sua missão cumprida aqui neste mundo terreno.

Mesmo os pais de Larissa, assim como Maria Eduarda, já esperavam pelo passamento de Vó Tica. Com mais de oitenta anos, ultimamente a doença a deixara muito debilitada. Para eles e para a maioria dos conhecidos ela descansava na presença de Deus. Seguramente cumprira sua missão na Terra com galhardia, e agora estava tendo o merecido descanso, junto ao seu esposo e todos aqueles que antes dela partiram.

Após o enterro da avó, Larissa ficou com sua mãe. Não conseguiu voltar para casa imediatamente, preferindo o apoio dos pais nessa hora, e acabou dormindo no seu antigo quarto. Somente no outro dia, após dar aulas, seguiu para sua casa.

André saíra cedo para trabalhar. Menos mal, pois não estava com vontade de conversar. Ela pegou umas tarefas para corrigir enquanto Amélia, sua ajudante, cuidava dos preparativos para o almoço. André chegaria para almoçar por volta do meio-dia e, segundo seu entendimento de esposa zelosa, a comida deveria estar pronta.

Levantou-se e foi dar uma ajudinha para Amélia. Sua barriga já bem grande, no sexto mês de gravidez, incomodava um pouco. Mas nada que impedisse de cortar a salada e preparar da forma que André gostava. Ele sempre fora um marido carinhoso, cuidadoso, querendo adivinhar o que Larissa queria, mas nos últimos tempos ela se sentia um tanto quanto entediada e tinha certeza de que não estava sendo uma boa companhia para ele.

Capítulo 37

Larissa trabalhou na escola até a véspera do parto e, no dia planejado, foram para o hospital. A médica a recebeu com muito carinho, levando-a para um quarto que já estava reservado. Iria fazer algumas avaliações nos exames de pré-natal e pediu à enfermeira para tirar a pressão, avisando que a cesariana estava marcada para as quinze horas daquele mesmo dia.

O quarto do hospital era simples, muito branco, e tinha um quadro com uma enfermeira fazendo o sinal de silêncio. Havia alguns equipamentos de oxigênio, um sofá e uma televisão e uma pequena geladeira com duas garrafas de água dentro. Era suficientemente confortável, para que os pacientes se sentissem acolhidos nessas horas tão angustiantes.

O bebê nasceu saudável, pesando dois quilos e meio e com quarenta e seis centímetros de tamanho. Um rapaz forte e bonito, para alegria de todos. Raquel estava radiante ao pegar no colo o seu primeiro neto. Alberto sorriu para Larissa, sentindo-se muito feliz pela chegada do pequeno rebento, novo membro da família.

— Parabéns, minha filha! Lindo garoto, ele nasceu forte e com saúde, que Deus lhe conceda a graça de continuar assim! — disse o pai carinhosamente.

— Obrigada, papai, estou muito feliz! Vai se chamar Leonardo — respondeu Larissa.

— Bonito nome. Que seja abençoado — falou a mãe de André, que estava do lado.

André acompanhou tudo com muita apreensão. Esperava que o parto fosse um sucesso. Quando viu Larissa feliz e realizada, saiu para tomar um ar fresco e relaxar da tensão que tinha acumulado até aquele momento. A médica chamou Raquel e lhe disse que Larissa deveria descansar, e que o bebê precisava ficar um tempo em observação no berçário do hospital.

Larissa não entendia a razão de as enfermeiras levarem seu bebê, que era dela, pois queria tê-lo nos braços e só ficar olhando para ele, vê-lo dormir e sonhar em seus braços. Esperou por tanto tempo aquele momento de conhecer seu filho, acariciar seu rostinho, saber a cor dos seus olhos, o contorno dos seus lábios...

Não podiam levá-lo assim, reclamou com as enfermeiras, mas era norma do hospital, teria que aceitar. No fim da noite uma enfermeira retornou trazendo Leo e o colocou nos braços dela. O pequeno precisava aprender a mamar. Foram algumas tentativas, ele não entendia que devia sugar o leite e ela, meio desajeitada, queria muito experimentar aquela sensação de alimentar seu filho. Quando estavam quase desistindo ele mamou, sugou, sugou e o leite saiu naturalmente. Foi a primeira vitória na sua recente carreira de mãe.

Dois dias depois Larissa recebeu alta do hospital e foi para a casa da mãe. Ela até queria ir para sua casa, porém Raquel não concordou, e também foi aconselhada pela médica de que seria melhor ter pessoas cuidando dela e do bebê naqueles primeiros dias. André saía todos os dias para trabalhar, porém antes passava na casa da sogra para visitar Larissa e Leonardo. Pegava o menino nos braços e balançava por alguns minutos, depois, delicadamente, o colocava no berço. Beijava Larissa nos lábios e saía.

André tinha realizado seu grande sonho: casar-se com Larissa e ter um filho com ela. Por que então seu coração não estava em paz? Por que aquela angústia, aquele aperto no peito e aquela vontade de chorar? Talvez pela emoção de ver aquela pequena criatura, indefesa, que agora dependeria de sua atenção e de seus ensinamentos. Sim, devia ser a ansiedade dos momentos vividos até a chegada de Leonardo.

Tirou aqueles pensamentos da cabeça e concentrou-se no trabalho, procurando aproveitar os momentos de alegria que aqueles eventos proporcionaram para ele e para toda a família, principalmente para Larissa, que estava muito feliz.

Capítulo 38

A vida na capital transcorria sem muitas novidades. Fernando trabalhava no hospital uma noite sim, duas noites não, e estudava todos os dias, inclusive aos finais de semana. Faltavam apenas dois anos para terminar a faculdade de Medicina, e precisava se esforçar cada vez mais. Sofia estava muito feliz, já com a barriguinha aparecendo, no seu terceiro mês de gravidez.

Um dia, na metade do plantão, Fernando teve um sobressalto. Sofia adentrou o hospital chorando, com um galo na cabeça, e um pequeno sangramento na têmpora. Ele ficou assustado, correndo para ampará-la e sem entender o que tinha acontecido, levou-a para o ambulatório do hospital. Começou a examiná-la, não sem antes chamar a médica de plantão.

A médica conhecia os dois, ela trabalhava no hospital há anos, examinou os ferimentos e constatou que eram superficiais. Estancou o sangramento, e pediu para colocar gelo no hematoma da testa.

Após um ultrassom do abdômen, a médica determinou que Sofia ficasse pelos menos dois dias em repouso. Preocupava-se com alguma complicação para o bebê, afinal não sabia precisar o tamanho do impacto da batida em partes interiores. Quando viu o exame, constatou que estava tudo normal e liberou Sofia. Deu-lhe um atestado para três dias e orientou para que ela descansasse o mais que pudesse. Fernando ficou aliviado e levou Sofia para casa. Ela tomou um suco e se deitou para descansar, conforme havia preceituado a médica.

Fernando voltou para o hospital e terminou seu turno de trabalho. Ao sair foi direto para a casa para ver se Sofia estava bem, quem sabe ela estivesse necessitando de sua presença para se recuperar do susto com o acidente de carro que tinha sofrido.

Que ironia aquele acidente. Sofia havia tirado dois dias de folga para visitar a mãe, que morava distante umas duas horas de viagem. Pediu para Fernando emprestar o carro, o que ele fez prontamente. Afinal, o carro estava parado na garagem, só era usado para pequenos passeios e compras no supermercado, ou então quando faziam uma viagem para alguma cidade próxima.

Ela saiu bem cedo, passou dois dias com a mãe e voltou no final da tarde do dia seguinte. Chovia um pouco, a visibilidade era ruim e, ao desviar de uma moto que entrou em alta velocidade, perdeu o controle do carro e acabou indo de encontro a uma árvore. O carro sofreu danos médios e uma oficina poderia resolver o problema, mas Fernando nem ligou para isso, o importante era que Sofia estivesse bem. No começo, ficara preocupado com algum problema mais grave para o bebê, mas aparentemente tudo estava normal.

Depois de três dias em repouso, Sofia começou a sentir dores nas pernas. Pensou que poderia ser pelos dias que estivera deitada, sem se exercitar, e começou a fazer caminhadas dentro do apartamento. Quando desceu para levar o lixo até a portaria, sentiu que suas pernas estavam molhadas, com manchas de sangue. Ficou desesperada e, chorando, telefonou para Fernando, pois não sabia o que estava acontecendo.

Fernando avaliou rapidamente a situação e imediatamente levou Sofia para o hospital. Não podia ser algo bom, pois os sintomas eram preocupantes. Tentou manter a calma, chamou o doutor Juarez e encaminhou Sofia para o ambulatório.

O doutor Juarez, muito experiente em emergências, já pressentia que era um caso de aborto espontâneo. Após avaliações receitou medicação à base de didrogesterona, para reduzir o risco de abortamento, e também reforço de corticoide, recomendando repouso absoluto para a paciente. Teriam que aguardar as próximas vinte e quatro horas para saber se a situação seria contornada.

Fernando não sabia o que podia fazer para melhorar o estado de Sofia. Ela dormia quase todo o tempo e não falava quase nada, apenas perguntava como tudo estava indo, e ele procurava acalmá-la. Fernando passou todas as noites no hospital e, mesmo na faculdade, durante as aulas, sua concentração ficou prejudicada, pois se preocupava com o bem-estar de Sofia.

No terceiro dia após o evento do sangramento, o doutor Juarez pediu novo exame de ultrassom e constatou que Sofia perdera o bebê. Primeiro chamou Fernando para conversar, pois sabia que seria um baque muito forte para ela. Fernando ficou muito abalado com a notícia e demorou mais de duas horas para ir ao encontro de Sofia.

Capítulo 39

Quando ele entrou no quarto com o olhar perdido e semblante carregado, ela já sabia o que havia acontecido. Fernando segurou suas mãos, sentado ao lado da cama, e as lágrimas escorreram por sua face. Presenciava todos os dias os mais diversos acontecimentos dentro do hospital: pessoas desenganadas, outras com sofrimentos profundos, pessoas morrendo e, às vezes, sem nenhuma esperança.

Seu treinamento como enfermeiro, e agora no final da preparação para médico, era para tentar confortar as pessoas com serenidade, procurando dar a elas o melhor que seu conhecimento poderia oferecer, com atenção e racionalidade, tendo a consciência de que tentava salvar vidas, não operar milagres, e que mesmo a Medicina tinha seus limites perante as reações do corpo humano.

Naquele momento de angústia, no entanto, sentiu-se totalmente impotente diante dos acontecimentos envolvendo ele e Sofia. Fernando olhou para ela, cujo rosto estava muito pálido, fitando o teto branco do quarto do hospital. Um raio de Sol entrava pela janela, invadindo o quarto por uma fresta da cortina semiaberta, sinalizando uma tarde bonita e agradável. Entretanto, cada um com seus pensamentos, não percebiam nenhuma beleza. Para eles um véu de escuridão pairava sobre suas vidas naquele momento.

Chegaram a casa calados e taciturnos. Fernando acompanhou Sofia até o quarto, ajudando-a a se deitar. Por vários minutos ficou em pé ao lado da cama e, depois de algum tempo, perguntou:

— Sofia, você quer um copo de água? Ou alguma coisa para comer? Qualquer coisa que você quiser, posso preparar para você, ou pedir uma comida que você gosta em algum restaurante.

Sofia ficou em silêncio. Parecia que não estava ouvindo e que seus pensamentos vagavam por algum lugar muito distante. Não respondeu nada e Fernando insistiu:

— Vou trazer um copo de água para você.

Fernando saiu e foi à cozinha. Pegou um copo de água, levou para o quarto e colocou no criado-mudo ao lado dela. Novamente, ela nem se moveu. Parecia que não estava ali. Fernando, então, saiu do quarto e foi para a sala, sentou-se no sofá e ficou tentando organizar sua mente para entender tudo aquilo que estava acontecendo.

Não saberia dizer quanto tempo ficou ali sentado sem nenhum movimento. Também não saberia dizer o que havia pensado. Tudo estava muito confuso, o cansaço tomou conta do seu corpo, esticou-se no sofá e acabou adormecendo. Quando acordou já era dia, e o sol despontava no horizonte. Levantou-se e foi ver como Sofia estava. Ela continuava deitada na mesma posição, com os olhos cerrados. Fernando não saberia dizer se ela dormia ou se apenas se desligava momentaneamente da realidade.

Aquela primeira semana após o evento com Sofia foi realmente difícil. Com muita paciência, Fernando conseguiu que ela reagisse e, aos poucos, foi retomando a rotina. Voltou para o seu trabalho no hospital e as coisas foram se ajeitando. Apesar de ter melhorado, Sofia não era a mesma moça alegre e sorridente que sempre fora. Todos entendiam o trauma vivido por ela, era difícil se recuperar, mas o que estava acontecendo era uma coisa muito estranha.

Sofia não queria falar com ninguém. Dava respostas curtas quando lhe perguntavam alguma coisa, respondia com monossílabos aos colegas e, nas horas de folga, procurava algum canto do pátio do hospital para se sentar e descansar. Débora tentara por diversas vezes se aproximar e entabular uma conversa. Ela sempre dizia que estava tudo bem, mas nada de se enturmar novamente.

Fernando dava toda a atenção possível, correndo de um lado para outro. Durante o dia estava na faculdade e à noite no plantão. No restante do tempo procurava estar perto de Sofia. Lembrava a ela que, como enfermeira por tantos anos, ela sabia que essas coisas poderiam acontecer com qualquer pessoa, ninguém era isento de passar por problemas semelhantes. Poderiam tentar novamente, dizia Fernando, mas ela desconversava, dizendo que era somente uma fase, e que tudo iria ficar bem.

Assim se passaram seis meses. Continuaram morando juntos, mas a relação estava muito diferente. Quando ficavam a sós e faziam amor, não tinham aquele mesmo calor de antes, não parecia que eram namorados, mas que cumpriam um ritual de relacionamento. Nos finais de semana e mesmo quando tinha folga, Sofia preferia ir para a casa da mãe. Dizia para Fernando que estava cansada e que gostaria de ficar um pouco sozinha no interior.

Fernando não imaginava, mas o que aconteceu abalou Sofia profundamente, e ela nunca mais seria a mesma pessoa.

Capítulo 40

A primavera já caminhava para o seu ocaso e o ano letivo já tinha se encerrado. Até o final de dezembro as aulas práticas no hospital precisavam ser finalizadas. Os formandos já preparavam seus trajes de gala, os convites dos amigos e parentes foram entregues e todos esperavam pelo grande dia da formatura.

Fernando estava muito atarefado no último ano da faculdade. Faltavam apenas oitos meses para o sonhado diploma de médico. Por isso mesmo, e até por egoísmo de sua parte, foi deixando as coisas acontecerem. Nunca deixava de dar toda a atenção a Sofia, mas, se ela queria ter seu tempo, ele concordava e seguia cuidando das coisas que precisavam ser feitas. Afinal, ela não estava doente, mas se recuperando de um trauma, pensava ele, que somente o tempo poderia resolver definitivamente.

Sofia tinha melhorado bastante, mas nada da garota alegre e sorridente de antes. Quem não a conhecesse, nunca perceberia nada de anormal, mas aqueles que tinham convivido com ela por muito tempo sabiam que não era mais a mesma pessoa.

Antes, ela apreciava um bom vinho, uma cerveja gelada com os amigos, nada preocupante, porém, um ano após o evento da batida e a perda do bebê, ela começou a exagerar na bebida. Não se controlava mais quando saía com os amigos, passava da conta, falava alto, às vezes chorava...

Outras vezes, já meio embriagada, deixava escapar que culpava Fernando pelo acontecido. Disse para o Ernesto que Fernando deveria ter ido com ela à casa da sua mãe, que não deveria ter lhe emprestado o carro, sabendo que ela estava grávida. Inconscientemente, ela estava procurando uma justificativa para o que acontecera, mas isso não fazia o menor sentido.

Fernando ficou sabendo disso pelo Ernesto, mas não quis valorizar essas palavras, tampouco tirar satisfações com Sofia. Ela continuava abalada com o acontecido, e buscar explicações seria mais doloroso ainda para ambos. Ele tinha absoluta certeza de que não contribuíra para que algo de ruim acontecesse e, afinal, o sofrimento era de ambos.

Esperava que ela um dia caísse na real, aceitasse o que aconteceu, pois isso era uma rotina na vida das pessoas, e poderia acontecer da mesma forma com milhares de outras mulheres em qualquer canto do mundo; mas nem por essa razão elas deixavam de viver ou se matavam, colocando a culpa nos outros. Quando tocavam no assunto, e isso acontecia muito raramente, Fernando procurava confortar Sofia. Dizia a ela que compreendia o seu sofrimento, mas que ele também sentira a perda e a vida precisava continuar. Não poderiam perder a chance de viver, buscar realizar os sonhos, apenas porque uma fatalidade se abatera sobre suas vidas.

Nesses momentos, Sofia concordava com Fernando, parecia até ter superado tudo, falava que na hora certa poderiam tentar novamente, porém ela não sabia ainda quando seria. Entretanto, quando ficava sob o efeito da bebida dizia que jamais gostaria de ser mãe, que sua experiência havia sido muito dolorosa e que talvez não esquecesse nunca mais.

Era um dilema muito profundo e um dia ela teria que resolver isso sozinha.

Capítulo 41

Helena estava radiante. Na semana vindoura ela viajaria novamente para a capital. O motivo não poderia ser mais importante: a formatura de seu primogênito, Fernando, em Medicina, que, com todo o esforço, contra todas as adversidades, tornava-se realidade.

Lembrava-se de quando Manoel precisou ir para o hospital pela primeira vez e ela pedira ao filho para acompanhar o pai e ele, sem nenhum questionamento, deixou a escola, o emprego, a família, e enfrentou com coragem aquela árdua missão.

Lembrava-se de quando ele retornou sozinho para a capital, determinado a superar todas as dificuldades e conseguir ser alguém na vida. Sabia que um pouco disso era por causa de Larissa, para dar uma vida digna a ela, mas tinha certeza de que ele fazia isso também pela família, pelo pai, que sempre incentivou os filhos a crescerem; por ela, Helena, que tinha transferido para eles seus sonhos de juventude, mas sabia que era principalmente por ele mesmo, Fernando, que, com seu espírito de luta, buscava desde os tempos de criança tomar as rédeas do seu próprio destino.

Todos economizaram um pouco para estar juntos naquele dia tão importante. Júnior comprou um terno novo, não queria repetir aquele do casamento, Tereza encomendou um vestido azul com detalhes em branco para vestir no baile de formatura, pois também não queria fazer feio na primeira vez que ia à capital. Ela havia ganhado o primeiro neto de Helena, havia mais ou menos seis meses, e ainda estava com as medidas um pouco maiores. Deixaria o bebê, de nome Manoel Moraes Neto, com sua mãe nos três dias que ficaria ausente.

Ronaldo e Janaína também estavam muito animados. Como o irmão, encomendou um terno novo e também apoiou a esposa na compra de um vestido especial. Estariam à altura daquele que era o exemplo para todos.

Isabel estava muito entusiasmada. Chegou até a convidar Antônio para ir à formatura, mas ele se espantou como um cavalo selvagem quando recebe arreio. Arranjou todas as desculpas para não ir. Tinha medo do trânsito, que vira algumas vezes na televisão, e achava que o barulho da cidade grande não faria bem a seus ouvidos, acostumados com o berro das vacas e latidos de cachorro. Disse para ela que fosse para a formatura e que ele ficaria esperando o retorno dela em Pedra Azul.

Isabel desistiu de tentar levar Antônio e então se concentrou em comprar uma roupa adequada para a ocasião. Pediu opinião de Helena, que a ajudou a escolher um cetim de seda creme e copiou um modelo de uma revista que encontrara na casa de uma de suas patroas. A costureira estava caprichando e já não aguentava mais Isabel perguntar todos os dias se o vestido estava pronto. Garantiu que estaria na data acertada, mas todo dia precisava acalmá-la.

Helena convidou o prefeito de Pedra Azul, Seu Amâncio Torquato, para a cerimônia de formatura, ele confirmou e disse que seria uma honra prestigiar tão importante evento de um filho da cidade.

Dos amigos de infância de Fernando, dois não estariam presentes. O Carlinhos, que estava no exterior, vivendo nos Estados Unidos havia quatro anos, e não se falavam já há algum tempo, e o Jairo, de quem eles tinham perdido o contato havia mais de dez anos.

Durante os primeiros anos de separação, os amigos se comunicavam de tempos em tempos por cartão-postal, por cartas e, às vezes, por telefone, mas depois a comunicação foi diminuindo até que parou de vez. Dudu estava morando na capital, trabalhava em uma corretora de seguros. Esporadicamente ele e Fernando tomavam uma cerveja juntos. Dudu casara-se com uma bela moça, mas o casamento não durou um ano. Estava namorando outra menina e estaria presente na formatura.

Quinzinho, primo de Dudu, era outro confirmado. Estava morando em Goiabeiras desde o casamento com uma farmacêutica que conhecera na faculdade. Juntos montaram uma primeira farmácia na cidade e agora estavam com três unidades. Estava muito bem financeiramente e com dois filhos. O primeiro chamava-se Gabriel, em homenagem ao seu avô, e o segundo tinha um nome diferente, Dorivaldo, em homenagem ao Charada, que eles descobriram que tinha esse nome depois que ele faleceu.

Sentiria muito a falta de pessoas importantes na sua vida. Seu pai, que deixara uma grande saudade na família; o Charada, seu querido amigo de infância, companheiro de todas as horas, que tinha partido muito cedo, e Larissa, que antigamente fazia parte desse sonho.

Viveu todo esse tempo longe dela e procurou seguir a vida segundo o destino traçado por Deus. Venceu todos os obstáculos, chegou a um lugar que apenas sonhara e uma pessoa ele gostaria de ter ao seu lado: Larissa, aquela em quem ele pensava todos os dias de sua vida.

Capítulo 42

Larissa tinha se mudado para Goiabeiras fazia dois anos. Leonardo, agora com dois anos e meio, parecia um robozinho. Corria o tempo todo, o que a deixava exausta no final do dia. Ele frequentava o jardim da infância e já conhecia todas as letras do alfabeto. Larissa queria que ele tivesse liberdade para brincar e não fazia muita questão de aprendizado nessa fase. Tinha de aprender naturalmente, porém sem perder a oportunidade de brincar como criança.

Muitos pais colocavam os filhos muito cedo na escola, enchiam os dias dos garotos de atividades, muitas vezes para ficarem distantes e poderem cuidar de suas próprias vidas. Definitivamente, não era isso que Larissa queria; ao contrário, sua vontade era retardar o mais que pudesse o ingresso de Leonardo nas atividades curriculares. Queria curtir sua meninice o mais que pudesse.

O pai de André tinha montado uma filial da empresa em Goiabeiras e deixou sob a responsabilidade do filho a gerência do novo empreendimento. A empresa cresceu e estava indo muito bem. André trabalhava o dia todo, saía muito cedo e chegava à noite. Larissa não estava trabalhando, e isso fazia muita falta para ela. Até procurou uma escola particular para lecionar, mas André não concordou, o que a deixou um tanto frustrada.

Passava o dia em casa, em um condomínio fechado, e não conhecia quase ninguém. Conversava com alguma vizinha e, às vezes, quando levava Leonardo para passear na pracinha, cumprimentava algumas pessoas que também estavam por ali. Sentia-se muito sozinha e, quando Raquel vinha visitá-la, conversavam por horas sobre muitas coisas do dia a dia. Nessas oportunidades, conseguia sentir uma paz interior muito grande e, às vezes, até soltava umas gargalhadas.

Procurou conversar com André por várias vezes, para que tivessem mais cumplicidade. Propôs viajarem sozinhos à praia, mas ele sempre dizia que tinha muito trabalho e que qualquer dia eles fariam essas coisas. Sentia-o cada dia mais distante, sem interesse pelas coisas da família, só se importando com o trabalho e com os amigos da rua.

Larissa não entendia a frieza com que André tratava Leonardo. Não parecia aquele pai apaixonado pelo seu primeiro filho. Pegava o menino no colo, mas tudo parecia muito protocolar, mesmo quando estavam no parque, nos dias de domingo e feriados, e quando ele brincava um pouco, logo se desgarrava. Ficava olhando a paisagem, conversava pouco, e depois de algum tempo queria ir embora.

Pior para Larissa eram as noites em que ele chegava tarde e sempre cheirando a álcool. Nunca dizia onde ou com quem estava. Falava que alguns amigos da empresa o chamaram e que foram para um bar tomar cerveja e conversar. Não era novidade para Larissa que André gostava de beber, pois isso acontecia desde a juventude, mas chegar tarde em casa, não dar nenhuma satisfação, e ainda por cima esse distanciamento, eram coisas muito ruins para o casamento.

Às vezes falava isso com sua mãe, então Raquel a aconselhava a ter calma, a não dar muita importância, que homem era assim mesmo, e um dia tudo voltaria ao normal. Larissa ouvia os conselhos da mãe, mas ela tinha suas próprias opiniões. André deixara de gostar dela? André teria uma amante? Intimamente cogitava. Normal, mesmo, esse comportamento não era. Pior ainda era a relação dele com Leonardo. Isso dificilmente ela conseguiria entender.

Capítulo 43

Larissa pensava muito em Fernando. Não falava sobre ele, a não ser com Camila, sua eterna amiga. Às vezes Camila ia visitá-la em Goiabeiras, chegando a passar três dias em sua casa. Esses eram dias maravilhosos, quando podiam conversar, ir ao cinema, tomar sorvete como sempre faziam e falar dos tempos antigos e atuais.

Camila se casara com um veterinário de nome Paulo, rapaz alto e moreno que se mudara para Pedra Azul, prestando serviços nas fazendas da região, e era muito querido por todos. Ainda não tinham filhos, mas estavam programando para breve esse acontecimento. Naqueles encontros, elas falavam de tudo, e era quando Larissa falava de Fernando.

Confidenciava para a amiga que jamais o esquecera, que sempre o amara, que era o amor de sua vida. Camila perguntava se tinha notícias dele e Larissa dizia que não, pois depois que se casara procurou de todas as formas esquecê-lo, até para honrar seu casamento, mas havia sido em vão. Nos momentos mais solitários, Fernando estava sempre presente como uma lembrança linda e eterna em sua mente.

Um dia, enquanto conversavam, Larissa falou com Camila das esquisitices de André, então ela disse uma coisa que foi como um choque na tomada elétrica.

— Larissa, seu filho Leonardo se parece demais com Fernando. Cada vez que ele cresce, fica mais parecido. Você já tinha notado isso? — perguntou Camila

Larissa nunca pensara uma coisa dessas. Ficou paralisada com o comentário da amiga. Que absurdo aquilo! Ela era uma moça direita e

Camila sabia disso. Eram amigas íntimas desde quando tinham nove ou dez anos e nunca esconderam nada uma da outra, como podia insinuar uma coisa dessas? Camila só poderia estar de brincadeira.

— Será que não é por isso que o André fica amuado? — continuou Camila.

— Como assim, Camila? O menino é a cara dele. Não sei de onde você tirou essa ideia — retrucou Larissa.

— Vamos lá, amiga, a cara do André ele não é. André é branco, cabelos castanhos, tem olhos quase claros. O Leonardo é moreno, olhos castanho-escuros. Veja o rosto dele. Tem mais de Fernando do que de André... — Camila insistiu em seu ponto de vista.

Olharam para Leonardo, que estava brincando inocentemente no parque e nem sonhava com o teor da conversa que sua mãe e a amiga estavam travando.

— Não vejo essa diferença, não. Eu sou morena, minha mãe é morena, meu avô era moreno. Apenas meu pai é branco, e isso não tem nada de relevante — disse Larissa, contrariada.

— Eu sei, mas dá pra pensar. Não estou falando que ele não é filho do André, apenas que se parece com Fernando — continuou Camila.

— Camila, isso não tem o menor cabimento. Meu pai é branco, eu sou morena. Vou ter que ficar falando isso quantas vezes? — Larissa rebateu já no limite do controle.

— Está bem, amiga, fiz apenas um comentário. Fica zangada comigo, não, pois estou sempre do seu lado. Se você fala que não tem nada, eu acredito piamente em você. Pode ter certeza disso.

— Pois é, eu não gostei dessa conversa. Você foi muito infeliz. Vamos falar de outras coisas mais interessantes.

— Ok, amiga, não está mais aqui quem falou. Desculpe — disse Camila, encerrando a conversa.

Quando saíram do parque, fizeram um lanche e depois voltaram para casa. Não falaram mais no assunto e, no outro dia, Camila voltou para Pedra Azul. Larissa ficou com aqueles pensamentos martelando sua mente, nunca tinha pensado uma coisa dessas, mas será que isso passava pela cabeça de André? Será que ele poderia pensar que

Fernando tinha alguma coisa a ver com o nascimento de Leonardo? Tudo estava muito confuso, nada se encaixava na sua mente. Revirou as páginas de seu diário desde aqueles tempos de adolescente, tentou se lembrar de cada momento que tinham passado juntos, de cada detalhe...

De repente um *bip* soou em sua cabeça. *Será que isso pode ter acontecido? Será que por um capricho do destino uma coisa dessas pode ser verdade?*, pensava Larissa...

Ficara com Fernando tantas vezes e sempre tinha tomado a pílula do dia seguinte, pois sabia que as famílias eram muito tradicionais e nunca aceitariam uma moça de família grávida, solteira.

E naquele dia do casamento do Ronaldo?, continuava pensando Larissa.

Larissa ficara com Fernando por um momento, e no outro dia cedo ela voltou para Goiabeiras. Daí a um mês estava casada. Também dormia com André periodicamente, pois eram noivos e iriam se casar em breve, mas será que o caprichoso destino tinha escrito essas páginas para ela?

Seus pensamentos vagavam sem parar. Não poderia ser verdade. Eram coisas da cabeça de Camila. Ela sempre tinha essas conversas atravessadas, desde os tempos de adolescentes. Ora bolas! Camila não tinha falado que Fernando era o pai de Leonardo, tampouco que André não era o pai do menino.

Ela dissera que o Leo se parecia mais com Fernando do que com André, apenas isso. Também não fizera nenhuma afirmação nesse sentido. Ela, Larissa, era que estava com esses pensamentos. Era uma loucura, mas isso ficava latejando em sua mente.

Muita confusão para sua cabeça. Não poderia ser verdade. Mas essa dúvida atroz não a deixou em paz. André chegou mais cedo naquela noite. Ele nem notou o turbilhão de coisas que passavam pela cabeça da esposa, ligou a TV para ver um jogo de futebol, tomou duas cervejas e foi dormir, como se ela não estivesse em casa.

Capítulo 44

A solenidade estava começando. A mesa estava formada com o reitor da faculdade, o diretor do curso de Medicina e as autoridades políticas. O prefeito da capital era o paraninfo, com muitas outras personalidades presentes. Na plateia, os familiares, os amigos, os convidados em seus trajes impecáveis. As mulheres passaram a tarde no salão, cada qual se preparando para ser a mais bonita da festa.

Fernando estava com seus colegas de formatura. Esperavam o momento de serem chamados para receber o diploma e depois ficarem perfilados ao longo do tablado central para ouvir o juramento de Hipócrates e os discursos das autoridades. A solenidade teve início às vinte horas pontualmente, e às vinte e duas começaria o baile de gala em um salão lindamente decorado em outra ala do mesmo prédio.

O mestre de cerimônias começou chamando os alunos por ordem alfabética, e cada vez que um aluno aparecia, após seu nome ser anunciado, era uma barulheira danada. Os pais batiam palmas, os colegas assobiavam, outros davam vivas, enfim, uma alegria total.

Quando o locutor anunciou: "Fernando Moraes de Oliveira, formando do curso de Medicina, receberá seu diploma das mãos do diretor da faculdade, doutor Juarez Teixeira de Melo, como honra por ser o primeiro aluno da classe", o salão veio abaixo com tantas palmas. O delírio das pessoas presentes contagiou a multidão, e até aqueles que não conheciam Fernando bateram palmas e ovacionaram o formando. Os colegas da turma de formandos conheciam a história dele. Menino pobre, do interior, começou como enfermeiro, fez dois vestibulares, trabalhava à noite, estudava durante o dia. Os professores admiravam a tenacidade daquele rapaz, que, tendo poucas probabilidades, chegou em primeiro lugar na turma. O diretor da faculdade, que o conhecia bem, fez questão de entregar o diploma, desejando muito sucesso e muitas conquistas, com um longo abraço.

Os professores, as autoridades, todos o cumprimentaram com euforia. Admiravam o feito daquele rapaz. Na plateia, Helena não cabia em si de contentamento. Parecia que o coração ia explodir no peito. Como estava deslumbrada com tudo que via, seu filho sendo aclamado por pessoas tão importantes!

Os irmãos não desgrudavam os olhos de Fernando, admirados com aquele momento sublime. Isabel parecia estar sonhando. Nunca vira nada igual, nem à cidade, nem à solenidade. Nunca imaginou a grandiosidade do feito de Fernando. Realmente, aquele menino de Pedra Azul tinha conquistado o mundo.

Seus companheiros de infância presentes aplaudiram o sucesso do amigo querido. Estavam muito felizes por verem Fernando realizar um sonho tão esperado, com muita luta e sacrifício. Sofia estava com Helena, muito linda, expressando uma felicidade intensa em seus olhos luminosos. Nem parecia aquela moça que estava vivendo tantos problemas depois de ter sofrido uma fatalidade com a perda do bebê. Quem a visse naquele momento imaginaria que tudo ficara para trás.

Ernesto vestia uma roupa feita para a ocasião e ao lado de Débora se sentia como o próprio irmão mais velho. Percebera o potencial de Fernando assim que o conhecera, sabia que aquele rapaz iria longe. Nunca imaginou que fosse tão longe, mas sempre torcia com a maior força para que ele conseguisse. Agora ali estava ele, formado em Medicina, e Ernesto se sentia parte desse momento tão importante na vida de Fernando.

Os alunos foram chamados para receber o seu diploma e cada um deles reagiu à sua maneira. Receberam muitas homenagens das autoridades e palmas dos presentes. O reitor fez um discurso emocionado, falando das responsabilidades de cada um a partir de então. A representante da turma, de nome Mariana, fez o juramento, e o prefeito fez o discurso final.

O mestre de cerimônias agradeceu aos convidados, parabenizou os familiares e os formandos, encerrou a cerimônia e convidou todos os presentes para o baile de gala que iria começar no salão principal da ala sul da faculdade. Foi uma noite deslumbrante, de uma nova etapa que estava apenas começando na vida de Fernando e de todos os amigos e familiares presentes.

Capítulo 45

Leonardo estava completando seis anos de idade naquele mês de fevereiro. Voltara com a mãe para Pedra Azul fazia dois anos e morava na mesma casa onde vivera os dois primeiros anos de sua infância. Não se lembrava de nada daquela época. Vivia entre a casa da mãe e a casa dos avós, que o paparicavam de todas as maneiras.

Estudava em um colégio particular chamado Pequeno Guardião e tirava as melhores notas de sua classe. Era um orgulho para todos. Leonardo já frequentava aulas de inglês e, no período da tarde, jogava futebol numa escolinha no centro da cidade.

Era habilidoso com a bola e, pelo seu porte físico, os meninos o apelidaram de Furacão. Ele ficava todo orgulhoso, mas no time de meninos ele realmente se destacava como um goleador nato. Quem sabe seria um jogador de futebol? Somente o tempo poderia responder essa pergunta.

Larissa voltou a dar aulas na escola municipal todas as manhãs e à tarde cuidava da rotina de casa. Retornara para Pedra Azul com o filho depois de o casamento com André desandar. Divorciaram-se e ele continuou com sua empresa em Goiabeiras.

A decisão não tinha sido fácil para Larissa. Por ela as coisas poderiam ter continuado, mesmo com uma relação em frangalhos, pois era de família muito tradicional e uma separação não se cogitava. Durante os dois anos que viveram em Goiabeiras, André foi se distanciando cada dia mais. Chegava sempre tarde, bebia muito e quase não a procurava mais. Não achava tempo para as coisas da família, muito menos do casamento. Com Leonardo, sua relação era muita fria, chegava a parecer um tio distante. Uma vez, quando chegou embriagado, Larissa cobrou satisfações, disse que não aceitava aquela situação, e André deixou escapar toda sua mágoa.

— André, precisamos conversar, não consigo mais viver nesta indiferença. Parece que não signifco nada para você. E seu flho nem parece que tem um pai.

— Larissa, não tenho que lhe dar satisfações. Dizem por aí que esse flho nem é meu. Que você se casou comigo porque estava grávida — falou André, destilando toda a mágoa que estava sentindo.

— Você deveria me respeitar. Nunca faria isso com você, muito menos comigo e com a minha família — retrucou Larissa em um misto de surpresa e indignação.

— Nunca quis acreditar nessas conversas. Mas toda vez que olho para o menino não consigo disfarçar meu sentimento. E sempre vem em minha cabeça coisas que ouvi dentro de minha própria família — falou André, extravasando seus sentimentos guardados por tanto tempo.

— Ele é seu flho, André, nunca te dei motivos para pensar diferente.

— Eu sempre acreditei nisso, mas ouvi comentários. E isso martela minha cabeça todos os dias.

— Eu também ouvi comentários de que você tem outra mulher, por isso não se importa mais conosco.

— Não vou mais mentir para você. Tenho outra mulher mesmo, e quero me separar de você — desabafou André de supetão.

Larissa não conseguiu falar mais nada. Começou a chorar e foi para o quarto de Leonardo. Ele estava dormindo e nem viu a mãe chegar e sentar-se no escuro chorando dolorosamente. Larissa não acreditava que isso estava acontecendo em sua vida. Seu casamento com André não fora feito para ser um escape, uma fuga da realidade. Ela apenas se conscientizou de que não adiantava fcar sofrendo por Fernando, que estava longe e tocando a vida da forma que o destino quis. Com o tempo de namoro aprendeu a gostar de André e admirava sua personalidade, seu comprometimento com as coisas do trabalho e sua dedicação à família.

Depois veio esse distanciamento, porém ela tinha certeza de que não contribuíra para isso. Agora, de forma abrupta e insensível, André deixava exposto todo o seu sentimento de revolta, sua mágoa com fofocas e maledicências. Estava arrasada e não restava nada mais além de chorar e pedir a Deus para que as coisas se resolvessem de forma adequada.

André saiu, bateu a porta e não apareceu para almoçar no dia seguinte. Dois dias depois, ainda não voltara para casa. Larissa telefonou para sua mãe e combinou de voltar para Pedra Azul. Os papéis do divórcio correram durante seis meses, e quando André e Larissa se encontraram perante o juiz, para a assinatura dos documentos, não trocaram uma palavra sequer. André abriu mão de ter a guarda do filho e assim Leonardo ficou definitivamente com Larissa.

Capítulo 46

Depois de dois anos de formado, Fernando estava muito bem adaptado à rotina do hospital. No seu contrato de bolsa de estudos, o compromisso era trabalhar os dois primeiros anos naquele hospital, sem aceitar transferência para outro. Acabara de cumprir essa obrigação e estava livre para atuar onde melhor lhe conviesse, ganhar um bom salário e cuidar das coisas de sua vida.

Nesse tempo, a relação com Sofia foi se desgastando cada vez mais. Ela estava constantemente apática, sem muito interesse por nada, e até o trabalho levava com certo desleixo. Aprofundou-se cada vez mais nas bebedeiras e isso afetou de forma definitiva o relacionamento com Fernando.

Certo dia, quando chegou a casa, muito cansado de um plantão bastante concorrido, ele encontrou Sofia com as malas prontas. Ela estava um pouco alta por causa das cervejas que bebera, mas não estava embriagada. Fernando perguntou educadamente do que se tratava, então ela disse:

— Fernando, pedi transferência para o hospital de Nova Ponte, aquela cidade perto de onde minha mãe mora; vou trabalhar lá por um tempo, espero que você entenda.

Fernando não sabia o que dizer. Esperava que Sofia pudesse desistir do relacionamento dos dois, mas mudar assim de repente foi uma surpresa para ele.

— Você já está decidida mesmo? Está tudo certo, com o emprego lá? — perguntou Fernando.

— Sim. Conheço o diretor do hospital. Uma enfermeira que trabalha lá vai sair de licença-maternidade e vou assumir o posto dela. De toda forma, ele disse que já estava precisando de outra mesmo, e quando ela voltar eu continuarei em outra unidade — respondeu Sofia calmamente.

— Se você acha que fica bom para você, e já está decidido, só posso desejar que tenha muita sorte.

— Agradeço a você por tudo que vivemos, tenho muito carinho por você, mas não tenho mais certeza do meu amor. Talvez esse tempo possa consertar as coisas para todo mundo — disse Sofia com um tom um pouco triste, mas com muito carinho.

— É. Talvez possa — respondeu Fernando. — Dê notícias assim que puder, estarei por aqui.

— Tá bom, darei notícias. Peço a Deus por você todos os dias. Você merece ser feliz — finalizou Sofia.

— Obrigado. Tudo de bom para você também, vá em paz. Que Deus lhe proteja sempre!

Na manhã seguinte, Sofia partiu para uma nova etapa de sua vida. Fernando levou-a à rodoviária, ela embarcou para outra cidade, onde iniciaria um novo trabalho, conheceria novas pessoas e, quem sabe, voltaria a ser aquela moça alegre e descontraída que sempre fora.

Quem sabe! Ele desejou com todas as forças: *Ela merece ser feliz!*

Capítulo 47

Numa certa manhã, voltando de São Paulo, onde estava terminando especialização em cirurgia geral, Fernando recebeu um telefonema inesperado. Seu voo acabara de pousar quando o celular tocou, aparecendo um número não cadastrado. Fernando atendeu e quão surpreso ficou com a pessoa que se identificou do outro lado da linha. Seu Amâncio Torquato, prefeito de Pedra Azul, pessoalmente, gostaria de falar com ele.

— Bom dia, doutor Fernando, aqui é o Amâncio Torquato, prefeito de Pedra Azul. O senhor pode falar?

— Bom dia, senhor prefeito, claro que posso. O senhor precisa de alguma coisa? Aconteceu alguma coisa com minha mãe?

Fernando ficou um pouco assustado, pois só tinha visto o prefeito no dia de sua formatura, três anos antes. Alguma coisa teria acontecido com sua mãe, com algum dos seus irmãos, ou com Isabel, talvez.

— Nada disso, doutor Fernando, estão todos bem. Estou na capital, ficarei por mais dois dias e, se o doutor tiver um tempo, gostaria de almoçar com o senhor — disse o prefeito.

— Ah, sim! Que alívio — respondeu Fernando.

— O doutor pode? — insistiu o prefeito.

— Sem dúvida, senhor prefeito. Estou chegando de um congresso. Se puder ser amanhã, ficaria ótimo.

— Para mim está bem. Mando buscar o senhor no hospital ao meio-dia. Pode ser?

— Sim, pode ser. Ficarei esperando.

— Então até amanhã, doutor Fernando. Fique com Deus —despediu-se o prefeito.

Fernando chegou em casa e ficou imaginando o que o prefeito poderia querer falar com ele. Não tinham nenhuma afinidade, e mesmo na formatura, quando ele compareceu, foi uma cortesia para sua mãe. Na época da campanha, Helena tinha sido uma apoiadora do Seu Amâncio na vila onde morava, então, quando ela o convidou, ele se sentiu honrado, mas ao mesmo tempo com a obrigação de prestigiar a formatura do filho de sua colaboradora.

No outro dia, ao meio-dia, Fernando foi procurado pelo assistente do prefeito, entraram no carro que ele estava dirigindo e foram direto para um restaurante onde o prefeito estava esperando. Lá chegando, Fernando se surpreendeu com a quantidade de pessoas. Havia nada menos do que cinco pessoas em volta da mesa. Com ele e o assistente eram sete, muita gente reunida, quase uma comemoração.

O prefeito, um homem alto e simpático, na faixa dos cinquenta e cinco anos, cabelos grisalhos, uma barriga um pouco avantajada, levantou-se e fez as honras da casa. Apresentou Fernando para os demais, todos servidores da prefeitura. Ali estava o secretário de saúde, o secretário de finanças e outros funcionários graduados. Seu Amâncio disse:

— Senhores, este é o doutor Fernando Moraes, de quem falei para vocês ontem de manhã. Ele é filho de Pedra Azul e trabalha no hospital geral há mais de oito anos, desde muito antes de se formar. Doutor Fernando, este é o doutor Maurício Teixeira, secretário de saúde, aqui está Seu Reginaldo Rodrigues, secretário de finanças, e mais o Jairo e o Carlos Eduardo, auxiliares do meu gabinete.

— Muito prazer conhecer os senhores, estou honrado com o convite para encontrá-los — disse Fernando.

— Nós é que estamos muito felizes em conhecer o senhor, doutor Fernando, já tínhamos ouvido falar de sua competência — falou o doutor Maurício.

— Muito prazer, doutor Fernando – cumprimentou o secretário de finanças.

Os outros também saudaram Fernando e o prefeito iniciou a conversa. Disse que estavam inaugurando uma nova unidade hospitalar em Pedra Azul e que precisavam de um médico como diretor-geral. Esse cargo era exercido, até então, pelo doutor Maurício, que se elegera deputado estadual e acumulava o cargo de secretário de saúde do município, tendo muitas outras atividades para exercer. Sendo assim não teria condições de continuar na direção do hospital.

O doutor Maurício discorreu sobre o sistema de saúde de Pedra Azul, falou com entusiasmo da nova unidade hospitalar que estavam inaugurando, dos novos equipamentos e de quanto isso ajudaria os habitantes da cidade e da região. Fernando ouvia tudo com muita atenção, já imaginando qual seria o motivo do convite para o almoço.

— Então, doutor Fernando, diante de tudo que falamos, nosso objetivo aqui é convidá-lo para assumir a direção geral do hospital de Pedra Azul. O senhor é um médico muito competente, sua família mora na cidade, o senhor tem raízes lá. Ficaríamos imensamente satisfeitos se o senhor aceitasse o convite — falou o prefeito.

— Isso mesmo, doutor Fernando, teremos muito que acrescentar com sua presença, tanto no gerenciamento do hospital como na saúde da população — afirmou o doutor Maurício.

Fernando não sabia o que dizer. Estava muito emocionado com o convite e com o reconhecimento, porém fora pego de surpresa. Ficou calado por alguns instantes, depois perguntou;

— Por acaso, minha mãe sabe dessa proposta?

— Não, não sabe — disse o prefeito. — Eu não queria especular, pois não sabia qual seria a resposta do senhor, por isso quis falar pessoalmente, junto com o doutor Maurício e também com nosso secretário de finanças, que é quem vai garantir a verba para melhorar a saúde do nosso povo.

Fernando agradeceu novamente ao prefeito e aos presentes, disse que se sentia muito honrado com o convite e que iria pensar no assunto. Não teria condições de dar uma resposta imediatamente. Ponderou que estava em uma posição muito confortável no hospital geral e que tudo isso pesava na decisão a ser tomada. Disse também que precisava trocar uma ideia com sua mãe, enfim, pediu uma semana para responder.

O prefeito concordou, não sem antes repetir tudo o que já tinha falado, "que a cidade ficaria muito envaidecida de ter um filho seu como diretor geral do hospital etc, etc". Doutor Maurício também repetiu que daria todo apoio a Fernando, como também se comprometeu o secretário de finanças em contribuir com o orçamento para o bom funcionamento do hospital.

Terminando de almoçar, Fernando retornou ao hospital e, enquanto trabalhava, pensou longamente sobre o assunto. Isso nunca passara por sua cabeça, nem no mais remoto dos seus sonhos. Saíra de Pedra Azul para buscar alguma melhoria para sua vida, condições de ajudar sua família, porém um salto desse tamanho era algo realmente impressionante.

Capítulo 48

Pensou em Larissa. Não tinha notícias dela fazia muito tempo, nem saberia dizer por quanto tempo. Alguns anos, talvez oito, tinham se passado desde aquele último encontro, quando ele visitou Pedra Azul no casamento do Ronaldo. Havia sido um encontro mágico, não falaram muita coisa, apenas se deixaram levar por tudo que sentiam, extravasando toda a saudade e todo o amor guardado por tanto tempo.

Como voltar agora e enfrentar a vida em Pedra Azul novamente?

Sabia que Larissa se casara com André e a partir daí não quis mais saber de notícias dela. Até quando Isabel quis comentar algo em sua formatura, mudou de assunto. Nem mesmo nas redes sociais tinha procurado por ela. Queria realmente tentar esquecer tudo aquilo que tinha ficado no passado. *Voltar agora para Pedra Azul será uma boa ideia ou será uma complicação em minha vida?*, pensava Fernando enquanto trabalhava.

À noite, quando chegou em casa, ligou para Helena e conversaram por mais de quinze minutos. Fernando contou da visita do prefeito, falou do convite que recebera e das suas dúvidas. Helena ouviu, disse que para ela seria fantástico, mas que a decisão deveria ser tomada por ele. Fernando então disse que ficara de resolver em uma semana. Despediu-se de Helena, mandou lembranças a todos e desligou.

Por muito tempo ficou acordado, pensando em tudo que tinha acontecido durante o dia. Parece que alguma coisa muito forte estava conspirando para que ele voltasse à terra natal. Poderia fazer um grande trabalho para as pessoas carentes, implantar um sistema de atendimento democrático, segundo o qual essas pessoas fossem tratadas com dignidade. Era tudo o que ele sonhava fazer desde que se formara. Talvez essa fosse a grande oportunidade de sua vida.

Na capital ele estava muito bem, mas trabalhar com pessoas carentes em sua cidade natal, sem acesso a uma saúde digna, isso era muito desafiador. Nem pensava em remuneração, mas em ajudar as pessoas. Ele, que nunca tivera quase nada, agora podia dar aos outros um pouco do que hoje possuía: conhecimento e boa vontade. Era muito agradecido a Deus, a sua família e a todos que o tinham ajudado em sua trajetória. Agora esse convite tão inesperado e tão desafiador balançava com toda sua estrutura.

Deitou-se e procurou um livro para ler, pois o sono teimava em ficar lá em Pedra Azul, com suas lembranças e seus medos. Depois de algumas horas adormeceu e acabou sonhando novamente com uma partida de futebol e uma algazarra com os amigos nas cachoeiras do Rio Claro, o mesmo sonho recorrente.

Talvez aquele sonho que ele tinha desde que saíra de Pedra Azul estivesse lhe dizendo que aquele era seu lugar, aquela era sua gente. Talvez fosse um sinal de que ele pertencia àquela terra. Poderia até conquistar o mundo, mas era lá o seu refúgio, onde deveria ficar para sempre. Parecia que alguma coisa estava dizendo que sua vida mudaria totalmente mais uma vez.

Capítulo 49

A semana passou tão rápido que quando Fernando percebeu já estava no fim. Ao acordar na manhã da segunda-feira seguinte, já decidira aceitar o convite do prefeito. Era uma oportunidade que ele sempre desejara, poder implantar numa unidade hospitalar tudo o que sonhara fazer em matéria de trabalho. Deixaria o hospital geral e assumiria o desafio em Pedra Azul, certo de que poderia contribuir para a melhoria da qualidade de vida das pessoas locais.

Procurou o doutor Juarez, diretor do hospital, no final do expediente e expôs a ele o acontecido. Falou do quanto era grato por tudo que tinham feito por ele e principalmente pelo apoio recebido pela direção do hospital. Fernando disse que sentiria muita falta de todos, mas que entendia que aquele chamado seria muito importante para sua carreira e para sua vida. O doutor Juarez concordou com ele, disse o quanto sentiriam sua falta, mas que tinha certeza de que os habitantes da cidade iriam ganhar com a decisão tomada por Fernando.

Na segunda-feira, logo de manhã, estava decidido a ligar para o prefeito, quando o telefone tocou:

— Bom dia, doutor Fernando, é o Amâncio, prefeito de Pedra Azul.

— Bom dia, prefeito. Estava mesmo pensando em ligar para o senhor.

— Então, decidiu aceitar nosso convite? — perguntou o prefeito.

— Pensei bastante e acho que será uma boa oportunidade para trabalhar com a população de Pedra Azul. Vou aceitar esse desafio. Obrigado por me convidar.

— Que maravilha, fico contente. Estaremos esperando ansiosos. Quando o senhor virá?

— Preciso de alguns dias para organizar as coisas aqui no hospital, e também organizar minha mudança.

— O senhor pode ter o tempo que quiser, doutor. Estaremos esperando.

— Acho que em quinze dias estarei pronto e chegando a Pedra Azul para começar os trabalhos — falou Fernando com convicção.

— Que ótimo, estaremos esperando pelo senhor — reafirmou o prefeito. — Ah, doutor Fernando, quase ia me esquecendo de dizer. A prefeitura dispõe de uma casa para residência do médico. Não é uma mansão, mas é bastante confortável. É no condomínio Serra Dourada. Tem sala, cozinha, três quartos e uma linda varanda. Acredito que o senhor se sentirá muito bem acolhido.

— Muito bom, estava mesmo pensando como iria resolver esse assunto da moradia, agora estou mais tranquilo — disse Fernando.

— Que bom, estaremos esperando — repetiu o prefeito pela quarta vez.

Fernando riu por dentro. *Que figura! Já se sentia bem-vindo de volta ao lar.*

* * *

Fernando ficou acelerado. Precisava atualizar os dados de seus atendimentos e compromissos no hospital, passar para outro médico essa responsabilidade, encontrar os amigos, arrumar a mudança, enfim, organizar tudo para partir dentro de quinze dias. Deixaria seu apartamento mobiliado, pois pretendia, conforme ofertado pelo doutor Juarez, continuar atendendo uma vez por mês no hospital geral. Então, sempre que viesse, teria um lugar para ficar.

Ernesto ficou eufórico com a notícia. Abraçou Fernando como no dia da formatura, contou para todo mundo e chamou Débora para organizarem uma festa de despedida. Dois dias antes da partida, todos se reuniram em um barzinho perto do hospital. Os médicos, os enfermeiros, os amigos em comum e até o atendente da lanchonete do hospital compareceu. Débora tinha ligado para Sofia, mas ela preferiu não aparecer. Disse que estava indisposta e não seria uma boa companhia.

Capítulo 50

Fernando chegou a Pedra Azul na manhã de um dia quente e ensolarado. Estacionou o carro em frente a sua antiga casa e sentiu o coração bater forte no peito. Sua mãe estava esperando para o almoço, abriu a porta e abraçou fortemente o seu filho querido. Ele entrou, cumprimentou Isabel com um forte e longo abraço, e sentaram-se para conversar.

Depois de um tempo, comeram um delicioso frango ao molho com guariroba e milho verde. Era uma comida que todos gostavam. Isabel atualizou Fernando de tudo que se passava, falou dos irmãos, das cunhadas, do Antônio, que ainda estava por perto, porém nenhuma palavra sobre Larissa.

Fernando nada perguntou, mas por dentro queria saber onde ela se encontrava, o que tinha acontecido naqueles anos todos que tinha ficado ausente, mas conteve a angústia e, após fazer uma pequena sesta, foi se encontrar com o doutor Maurício e com o prefeito. Chegou à prefeitura e ficou bastante impressionado com tudo que viu, a organização do local, a presteza dos funcionários, enfim, parecia que ali as coisas funcionavam. Tinha passado na frente do hospital, quando se dirigia para a prefeitura, e já sentira um cheiro de coisa boa. O prédio era novo, um amplo estacionamento recebia os carros e a impressão foi a melhor possível.

— Boa tarde, doutor Fernando, seja bem-vindo a Pedra Azul — cumprimentou o prefeito. — O doutor Maurício está nos esperando no hospital. Se quiser, podemos ir imediatamente.

— Acho ótimo, vamos lá — retrucou Fernando.

Dirigiram-se para o hospital e o doutor Maurício os esperava na sala da diretoria-geral. Após cumprimentar Fernando, chamou a secretária e perguntou se tudo estava organizado. Ela disse que sim, que todos esperavam no auditório, onde a maioria dos médicos, enfermeiros e funcionários se encontravam acomodados em poltronas. Apenas os funcionários de turnos diferentes não estavam presentes, como também aqueles encarregados de unidades especiais.

O doutor Maurício apresentou Fernando como o novo diretor-geral do hospital, o prefeito falou das diretrizes de sua administração e passaram a palavra a Fernando. Ele agradeceu a presença de todos e disse que estava ali para somar esforços e trabalhar para uma melhor prestação de serviços à comunidade.

O médico encarregado se dispôs a explicar para Fernando toda a dinâmica do hospital e os dois se despediram do prefeito e do doutor Maurício. Fernando embrenhou-se nos trâmites das rotinas do hospital, procurou conhecer todas as unidades e as pessoas encarregadas, e quando deu por si já passava das dez horas da noite.

Foi para casa, tomou um banho reconfortante e adormeceu como um garoto. Naquela noite não sonhou, tampouco teve pesadelos. Sentiu uma grande paz interior, um sentimento de pertencimento e realização.

Capítulo 51

Durante as primeiras duas semanas ficou morando na antiga casa com Helena e Isabel, enquanto organizava a casa cedida pela prefeitura. Era uma casa confortável, bastante arejada, em um local de excelente vizinhança. Helena e Isabel compraram os móveis, as cortinas e deixaram tudo ao gosto de Fernando. Estavam muito felizes.

Fernando recebeu a visita dos irmãos com suas esposas, conheceu o sobrinho Manoel, que todos chamavam de Neto, e mais de uma vez eles falaram da felicidade que era a sua volta para Pedra Azul. Essa proximidade o deixava muito contente. Reafirmava sua confiança de que tudo daria certo e de como se sentia bem junto a toda a família.

Na cidade as pessoas já sabiam que um novo médico tinha assumido o hospital. Muitos comentavam, porém poucos o conheciam pessoalmente. Larissa tinha ouvido falar da chegada de um novo médico para comandar o hospital, mas para ela isso era irrelevante. Continuava lecionando no colégio, tocando sua vida com Leonardo, e esses acontecimentos não afetavam o seu dia a dia.

Fernando já sabia que Larissa morava em Pedra Azul, que tinha se divorciado e lecionava no colégio. Isabel lhe contara as coisas que tinham acontecido, sem muitos detalhes, mas o suficiente para saber que ela estava por perto.

Não quis procurá-la, estava evitando esse encontro. Não se sentia pronto para revirar esse baú, reviver tantos sentimentos que estavam guardados dentro de si. Todas as vezes que chegava ou saía do trabalho, tinha a impressão de que encontraria Larissa na porta do hospital.

Era uma paranoia, chegava a olhar ao redor e percebia que aquilo era uma loucura.

Quando Raquel precisava ir ao médico, Larissa acompanhava a mãe. Raquel sentia fortes dores na coluna e, às vezes, as crises precisavam de medicamentos controlados, como corticoides, que só eram vendidos com receita médica. Para isso, precisava marcar uma consulta para obter do médico o receituário.

Naquela tarde, Larissa aguardava com sua mãe o chamado da secretária quando viu um médico aparecer no corredor do hospital, buscando uma informação. Ele não olhava para os pacientes que estavam na sala de espera, mas apenas para a secretária. Larissa olhou displicentemente, como se olha para qualquer pessoa. Uma fagulha intensa acendeu um farol em sua mente. Olhou novamente...

Não era possível! Só poderia estar sonhando. Era uma miragem, pensou ela. Fechou os olhos, piscou forte, abriu novamente, e quando olhou não viu mais a figura vestida de branco. Pensou por alguns instantes: *Deve ser uma alucinação*. Levantou-se, aproximou-se do balcão de atendimento e perguntou para a secretária.

— Com licença, quem era aquele médico que falou com você um minuto atrás? — perguntou Larissa, ansiosamente.

— Aquele é o doutor Fernando Moraes, o novo diretor do hospital — respondeu a moça.

Então era verdade. Ela não estava sonhando. Fernando estava ali, vestido de branco, na sua frente. Como tudo isso tinha acontecido e ela não sabia?! Fernando médico, diretor do hospital de Pedra Azul. Larissa estava em êxtase. Sua mãe perguntou o que se passava, por que ela estava tão ansiosa. Larissa disse que não era nada, apenas uma indisposição e continuou sentada aguardando a chamada para o atendimento de sua mãe.

A secretária chamou Raquel, entraram no consultório e Larissa achou que Fernando estaria do outro lado da mesa. Era somente imaginação de sua mente acelerada. O médico que atendeu era um rapaz jovem, muito atencioso, receitou um anti-inflamatório e algumas seções de fisioterapia. Larissa levou sua mãe para casa e depois foi buscar

Leonardo no futebol. Não sabia o que pensar, estava em transe total, sua cabeça girava, seus lábios tremiam...

— Mamãe, você está bem? — perguntou Leonardo.

— Sim, estou bem. O que você disse? — Larissa estava tão absorta em seus pensamentos que nem percebeu a pergunta de Leonardo.

— Mamãe, você parece que está dormindo. Nem prestou atenção na professora que te cumprimentou — falou o menino.

— Desculpe, meu filho, não é nada, apenas uma leve dor de cabeça. Vamos para casa.

Chegaram a casa, Larissa guardou o carro na garagem e caminhou lentamente para o quarto. Leonardo entrou e ligou o videogame. Começou a jogar e não percebeu que sua mãe chorava silenciosamente, assistindo ao filme de toda a sua vida, que se passava apenas em sua mente e em seu coração.

Capítulo 52

Seis meses após sua chegada, Fernando já estava integrado ao dia a dia de Pedra Azul. Voltava à capital uma vez por mês para atender alguns pacientes que tinham uma forte ligação com ele. Os atendimentos aconteciam no hospital geral, sempre na parte da tarde. Era uma forma de continuar ligado aos amigos e manter o vínculo com seus trabalhos desenvolvidos ao longo do tempo em que esteve lá. Seu apartamento na capital servia como apoio quando vinha atender, dormia em sua antiga moradia e no outro dia voltava para Pedra Azul.

Ele não participava de muitos eventos sociais em Pedra Azul, mantendo-se quase exclusivamente dedicado aos trabalhos no hospital, onde contava com uma equipe jovem, porém muito dedicada. Faziam atendimento em todas as especialidades e os casos mais complicados eram encaminhados primeiramente para Goiabeiras, e se fossem muito graves, diretamente ao hospital geral, na capital.

A liderança de Fernando trouxe um clima de muito entusiasmo ao corpo médico, aos funcionários técnicos, refletindo de forma positiva em toda a população de Pedra Azul. As pessoas falavam o tempo todo sobre como eram bem atendidas no hospital. Mesmo quando não conseguiam resolver suas queixas, elas se sentiam acolhidas com o atendimento carinhoso e humano.

O prefeito Amâncio Torquato estava radiante. Dizia para todos que o seu *faro* continuava infalível, que pressentira o quanto seria importante para a cidade a volta de Fernando. O doutor Maurício confiava cada vez mais em seu diretor e já pensava na próxima eleição para prefeito. Amâncio estava no segundo mandato e precisava de um candidato para substituí-lo. Nada melhor que um secretário que entregava um trabalho de primeira qualidade, principalmente na área de saúde.

Eram planos das pessoas que gravitavam em volta de Fernando e de seu trabalho, porém nada disso importava para ele. Estava determinado a fazer sempre o melhor, como sempre fora em toda a sua vida e, se isso ajudasse as pessoas, estaria realizado, mesmo que no caso fosse a eleição de um novo prefeito.

Pensava constantemente em Larissa, queria vê-la, encontrá-la, falar com ela. Não sabia exatamente o que falar, mas sentia que precisava desse encontro. Pensou várias vezes em procurá-la. Sabia onde ela morava, mas a coragem nunca tinha sido suficiente. Não sabia qual seria a reação de Larissa, se ela ainda gostava dele, se tinha interesse nesse encontro.

Fernando não imaginava que Larissa já sabia de sua chegada. Para ele, ela ignorava sua presença na cidade. Não sabia que se encontravam tão próximos e que ela já o vira tão de perto. Se ela soubesse já o teria procurado, mas também podia ser que não, talvez já o tivesse esquecido e também tudo aquilo que tinham vivido. Era uma dúvida atroz que ele carregava o tempo todo em seus pensamentos.

Os dias foram passando, os pensamentos continuavam, mas a realidade do dia a dia empurrava essa decisão cada vez mais para a frente.

Capítulo 53

Larissa pensava em Fernando constantemente. Recordava-se dos momentos passados juntos, de como fora um erro o casamento com André, mas sabia que não podia voltar atrás. O que estava feito, feito estava. Conversava quase diariamente com Camila, sua querida amiga. Falavam de suas angústias, de sua vontade de encontrar Fernando, de seus medos e de sua insegurança.

Camila a incentivava a ir ao hospital, dizia que ela deveria marcar uma consulta, chegar de surpresa, enfim, inventava mil maneiras de ela poder encontrar Fernando. Até propôs ir ao hospital e falar com ele para marcar um encontro entre os dois. Larissa não concordava com as ideias da amiga, entretanto, não encontrava nas suas próprias ideias a solução para seu dilema. Não falou nada com sua mãe, porém com seu pai ela comentou:

— Papai, o senhor sabia que o hospital tem um novo diretor?

— O prefeito me falou que um rapaz novo, vindo da capital, é o novo diretor. Até falou o nome dele, mas não gravei — disse Alberto.

— É o doutor Fernando Moraes. O senhor sabia que ele é de Pedra Azul? — perguntou Larissa.

— Não sabia, minha filha, é filho de quem? Por acaso é de alguma família conhecida?

— O senhor se lembra do rapaz que minha mãe não me deixou namorar? Pois é ele o novo diretor — retrucou a filha.

Larissa disse essas palavras com um misto de orgulho e desabafo. Não que quisesse afrontar o pai, mas se sentia bem expondo o quanto o preconceito e a intolerância de sua família tinham sido reprováveis.

Seu pai sempre fora uma boa pessoa, mas a vida toda era dominado por Raquel. Naquela ocasião em que ele conheceu Fernando não havia se posicionado contra o namoro, mas também não moveu um dedo para que ficassem juntos.

Alberto ficou pensativo, mas não disse nada. Lembrou-se dos fatos passados e pensou em como sua filha poderia ter sido feliz. Não tinha apoiado seu namoro com aquele rapaz, ficando neutro diante da contrariedade de Raquel, mas de toda forma se sentia culpado. Sentira naquela oportunidade que o rapaz tinha caráter e poderia ter dado certo. Mas Alberto não pôde fazer nada naquela ocasião. Era um namoro de adolescentes, o rapaz nada tinha a oferecer, e essas atitudes dos pais eram normais naquela época.

— Você já se encontrou com ele? — perguntou Alberto.

— Não, apenas o vi de longe no hospital, quando fui com mamãe à consulta — respondeu Larissa.

— Sua mãe já sabe da novidade? — perguntou Alberto meio sem graça.

— Não falei nada para ela, não sei se vou falar. Deixa ela ficar sabendo de forma natural.

— Melhor assim — respondeu Alberto. — O prefeito me disse que ele está fazendo um excelente trabalho e que as coisas na saúde estão bem encaminhadas. A cidade deve agradecer muito por essas pessoas dedicadas.

Larissa nada respondeu. Ficou ali perto de seu pai e os pensamentos voaram para o infinito. Alberto sentiu que Larissa estava interessada no assunto, mas respeitou o silêncio que ela se impôs. Sabia que sua filha nunca esquecera o rapaz da adolescência, principalmente depois que o casamento desandou.

Alberto fazia todo o possível para apoiar a filha, como também seu neto querido. Leonardo era tudo de bom que Deus poderia ter trazido para eles. Quando Larissa contou dos problemas com André, da decisão de se separar e voltar para Pedra Azul, não mediu esforços para que ela se sentisse amparada e protegida. Não tocavam muito no assunto e essa parte da vida foi ficando para trás.

Sentia agora nas palavras de Larissa que um novo ânimo estava nascendo dentro dela. Ela jamais se interessara por outro relacionamento, mesmo com muitos rapazes de boas famílias que apareceram. Raquel sempre dizia que Larissa deveria se interessar por outro rapaz, casar-se novamente, formar uma família, mas ele nunca tinha se intrometido. Achava que a hora em que isso fosse importante a filha saberia tomar a decisão.

Capítulo 54

Certa manhã de sexta-feira, a monotonia da cidade foi quebrada de repente. Uma pessoa chegou apressada ao hospital querendo falar com algum médico. O plantonista atendeu e o homem disse que tinha ocorrido um acidente com os trabalhadores da mineradora. Um ônibus havia capotado e ele não sabia o estado das pessoas. O médico foi até o consultório e comunicou o ocorrido ao doutor Fernando.

Ele ligou para o tenente do Corpo de Bombeiros, chamou as ambulâncias disponíveis e também telefonou para o prefeito. Precisava de toda ajuda possível naquele momento. Chegando ao local, constatou que seriam necessários bem mais recursos do que dispunham em Pedra Azul. A unidade local dos Bombeiros era composta apenas por quatro homens: o tenente e mais três subalternos. Precisariam de mais ambulâncias e apoio do Corpo de Bombeiros de Goiabeiras, e ainda equipamentos como cordas e guindastes para chegarem até o local onde as pessoas se encontravam, no veículo acidentado, que era de difícil acesso.

Diariamente vários ônibus da mineradora faziam o transporte dos trabalhadores entre a cidade e o canteiro de obras. Saíam da cidade às sete horas da manhã e retornavam às dezessete horas. Nesses horários a pequena estrada, de aproximadamente vinte quilômetros, ficava bastante movimentada. Eram na totalidade seis veículos que levavam cerca de trinta pessoas cada um, fazendo o percurso aproximadamente em quarenta minutos. Naquela manhã, o ônibus levava vinte e seis pessoas e passava por um trecho sinuoso da estrada, distante cerca de dois quilômetros da mineradora, quando o motorista perdeu o controle da direção, saiu da estrada e caiu na ribanceira.

Muitas pessoas já se encontravam nas proximidades do acidente, algumas tentavam se aproximar do ônibus, mas o tempo estava chuvoso e a pista escorregadia, tornando muito difíceis as condições para se chegar ao local. O prefeito ligou para seu colega em Goiabeiras e uma hora depois chegaram os reforços. Dois caminhões dos bombeiros dotados de guincho e tração, várias ambulâncias e alguns fazendeiros que trouxeram seus tratores.

O comandante da guarnição de Goiabeiras assumiu o comando e após duas horas de tentativas chegaram com segurança ao local do acidente. Os ocupantes tiveram muita sorte, pois o ônibus foi se arrastando, não chegando a capotar, batendo forte na depressão no fundo de uma pequena vala.

O veículo ficara bastante avariado, com amassamentos por todos os lados, as portas emperradas, e ninguém conseguia sair. Os bombeiros tiveram de serrar a lataria e desamassar algumas partes para iniciar a liberação das pessoas. A sorte é que todos estavam vivos e, pouco a pouco, foram sendo transportados para terreno seguro.

O trabalho de resgate foi extenuante. Quando terminaram de retirar as pessoas já passava das dezessete horas e todos estavam exaustos, mas felizes porque os passageiros foram levados para o hospital, e a princípio ninguém corria risco de morte. Alguns foram internados no hospital de Pedra Azul e outros, com sequelas maiores, com alguma fratura, tinham sido levados para Goiabeiras.

Fernando trabalhou intensamente nesse dia. Durante todo o tempo prestava os primeiros atendimentos no local do acidente. Quando o último passageiro foi removido, ele se dirigiu ao hospital. Já passava da meia-noite quando conseguiu ir para casa. Tinha sido um dia muito complicado, pensava ele, mas felizmente todas as pessoas envolvidas no acidente estavam vivas e medicadas. Algumas, com pequenas escoriações, liberadas em seguida; outras, com traumas maiores, mas nenhum óbito, felizmente.

No outro dia, um sábado, teve de prestar atendimento aos acidentados durante todo o dia e ainda conversar com os familiares, informando sobre o estado dos parentes e sobre as providências tomadas. No final da tarde, ainda bastante cansado, pegou o carro e dirigiu até o sopé da montanha. Estacionou no início da trilha, subiu vagarosamente pelo caminho que levava ao mirante e ficou ali observando o pôr do sol e pensando nas coisas que tinham acontecido.

Capítulo 55

Camila chegou à casa de Larissa por volta das dezesseis horas daquele sábado. Tinham combinado fazer uma caminhada, pois era uma tarde de verão e o céu estava deslumbrante. Seria uma boa oportunidade de apreciarem o pôr do sol a partir do mirante da montanha. Iam lá vez ou outra, quando confidenciavam de parte a parte suas angústias e seus sonhos.

Saíram caminhando em ritmo acelerado e foram assim por mais ou menos dois quilômetros. Trinta minutos depois chegaram ao início da trilha que dava acesso ao mirante. O local estava praticamente solitário e havia apenas um carro estacionado mais adiante. Deveria ser alguém que gostava do local e teria vindo apenas para ver o pôr do sol, sem muito interesse por caminhada.

Um homem estava olhando para o horizonte e, quando as duas se aproximaram, ele pressentiu a chegada de alguém, virando-se para ver quem era. As pernas de Larissa tremeram, seu corpo levou um choque como se fosse uma descarga elétrica.

Ali na sua frente, depois de tantos anos, estava Fernando. Era o mesmo rosto, o mesmo olhar profundo, apenas um pouco mais sereno e compenetrado. Os cabelos com alguns fios grisalhos davam um ar de maturidade às suas feições, mas de resto continuava como sempre fora, um moço bonito e elegante.

Fernando olhou demoradamente para Larissa, não teve nenhuma reação, sentindo apenas seu coração bater forte e acelerado. Naquele silêncio que se fez, parecia ouvir as batidas como se fossem a ressonância de um tambor.

Camila também ficou paralisada: olhavam um para o outro e, sem saber o que fazer, Camila disse:

— Olá, Fernando, tudo bem? Que prazer encontrar você aqui! Não sabia que estava em Pedra Azul — mentiu a amiga de Larissa.

Fernando como que acordou, olhou para Camila meio abobalhado, tentou sorrir e disse:

— Olá, Camila, não esperava encontrá-las aqui. Para mim também é um grande prazer. Realmente, voltei para a cidade.

Larissa continuava paralisada, olhando para Fernando. Seus olhos estavam marejados, as lágrimas turvavam sua visão. Fernando olhou para ela, mas também não conseguia falar. Um nó apertava sua garganta. Depois de alguns segundos, que pareceram uma eternidade, ele falou balbuciando:

— Larissa, quanto tempo! Como é bom te ver novamente! Você está muito bonita, não mudou quase nada!

— Faz muito tempo mesmo! Não sabia que você estava aqui no mirante — respondeu meio sem jeito, tropeçando nas palavras.

— Eu saí do hospital agorinha. Esses dois dias foram muito complicados, o acidente na mineradora, muitas pessoas para atender, então resolvi vir aqui para relaxar um pouco.

— Ficamos sabendo do acidente, felizmente ninguém morreu. Faz tempo que você voltou para a cidade?

— Já passa de seis meses desde que cheguei.

— Vi você um dia no hospital, quando fui com minha mãe, mas não tinha certeza. Que bom que você está aqui! Fico feliz — disse Larissa, ainda emocionada.

— Eu também estou muito feliz de estar aqui. Poder voltar para minha terra e ainda ajudar as pessoas, sinto-me realizado — falou Fernando com um sorriso. — Você também está muito bem, Camila, o tempo não passou para você!

— É bondade sua, o tempo passa para todo mundo, não seria diferente para mim — disse Camila com um sorriso.

Camila tinha observado atentamente a reação dos dois durante aquela pequena conversa e percebia o quanto eles estavam felizes por se encontrarem. Nada havia sido programado, mas o destino conspirou para isso acontecer. E naquele lugar, naquela hora, parecia mesmo uma providência.

Conversaram por mais algum tempo, falaram de coisas triviais, e o clima foi ficando mais ameno. Camila estava entre eles e servia como contraponto para tirar a ansiedade de ambos.

Combinaram de se encontrar depois, trocaram telefone e Fernando deu uma carona de volta para as duas amigas.

Tinha sido um encontro maravilhoso. Larissa chegou em casa, entrou para o quarto e chorou convulsivamente. Parecia que havia perdido um ente querido, tal intensidade com que ela chorava. Mas naquele dia, depois de tanto tempo, seu choro era de felicidade. Encontrara Fernando novamente. Ele apenas segurou sua mão na hora da despedida, mas o calor daquele toque invadiu sua alma e aqueceu seu coração.

Seu amor voltara, estava ali a poucos passos de distância, falara com ele, tocara sua mão. Que vontade de abraçá-lo, beijar seus lábios, apertar longamente seu corpo e sentir o bater de seu coração. Quantas vezes sonhara com aquele momento, quantas vezes havia desejado que aquilo acontecesse. Mas nunca imaginara que seria tão forte a emoção. Estava ali deitada, em pranto convulsivo, mas cheia de felicidade e esperança.

Adormeceu, e quando acordou Leonardo estava em pé ao seu lado. Chegara do futebol e encontrou a mãe dormindo. Ela sentiu seus passos leves entrando no quarto e abriu os olhos. Leonardo conhecia sua mãe e sentiu que havia algo diferente acontecendo. Seu olhar estava diferente, seu sorriso tinha uma magia contagiante. Não entendia nada, por isso perguntou.

— Mamãe, você está bem? Você não foi me buscar. O vovô me trouxe e quando entrei você estava dormindo — falou Leonardo, sem demonstrar contrariedade.

— Desculpe, meu filho, está tudo bem. Tudo muito bem, graças a Deus — respondeu Larissa.

Levantou-se e foi preparar um lanche para o filho. Naquele momento ouvia pássaros cantando, sinfonia de anjos tocando hinos maravilhosos. Seu coração estava em paz e com muita esperança.

Capítulo 56

Fernando chegou em casa e sentou-se no sofá, pensando naquele encontro no mirante. Sonhara com esse momento durante todo o tempo que esteve ausente. Mesmo depois que voltou para Pedra Azul, dedicando-se ao trabalho no hospital, seus pensamentos sempre convergiam para a figura de Larissa.

Pensou muitas vezes em procurá-la, saber como ela estava, o que fazia. Pensou em dizer a ela que sentia todo aquele amor ainda mais forte, que gostaria de tê-la para sempre ao seu lado, enfim, queria muito aquilo que acontecera naquela tarde.

Agora que se encontraram, todas as suas angústias haviam se dissipado. Sabia que a amava com todas as suas forças e nos olhos dela viu que seu amor era correspondido. Será que Deus era cúmplice daquela história e havia providenciado aquele encontro?

Sim, com certeza!

Por anos, na capital, mesmo quando estava com Sofia, mesmo sabendo que Larissa tinha se casado, que tinha um filho, ele nunca se esquecera dela. Amor único, eterno e verdadeiro, era o que ele sentia por Larissa. Quando a viu pela primeira vez, sabia que seria para sempre. Eram muito jovens e talvez isso tivesse contribuído para separá-los, e agora, depois de tantos anos, parece que teriam uma nova chance.

Pensava em tudo isso quando o telefone tocou. Olhou para a tela do celular e o nome de Larissa apareceu. Atendeu com a voz emocionada.

— Alô, tudo bem, Larissa?

— Oi, Fernando, fiquei muito feliz em te encontrar. Desculpe se fui meio grosseira, mas não esperava te ver daquela forma. Foi uma surpresa para mim, por isso nem sabia o que falar. Parece que fiquei meio abobalhada, sem jeito. Desculpe mesmo! — disse Larissa, apressadamente, quase sem respirar.

— Não se preocupe, eu também fiquei surpreso, sem saber o que falar. Também não esperava te encontrar — respondeu, repetindo as mesmas palavras de Larissa.

— Amanhã haverá uma festa em homenagem ao padre Romano, ele está fazendo noventa anos. Será às dezenove horas no salão paroquial. Pensei que talvez você quisesse ir.

— Obrigado pelo convite, Larissa. Ficarei feliz em comparecer. Ainda não encontrei o padre Romano desde que cheguei. Gosto muito dele. Será uma ótima oportunidade de revê-lo.

Fernando ficou nas nuvens ao ouvir a voz de Larissa. O convite era um sinal de que ela sentia saudades e também estava ansiosa para vê-lo novamente. Estava decidido a não ficar nem mais um minuto longe dela. Mal conseguia esperar chegar o dia seguinte para encontrar Larissa e dizer a ela o quanto a amava e precisava dela para ser feliz.

No domingo de manhã Fernando foi atender algumas demandas no hospital. Trabalhou até mais ou menos as quatorze horas e foi almoçar na casa de Helena. Isabel preparou uma lasanha, pois sabia que Fernando gostava muito, e eles almoçaram todos juntos. Ronaldo estava em casa com Janaína, grávida de seis meses. A barriga grande e saliente deixava-a com um jeito muito engraçado. Foi um almoço tranquilo e muito agradável.

À tarde, as horas passaram lentamente. Esteve no hospital mais uma vez, para checar se tudo estava bem, e foi para casa descansar, pois logo mais à noite teria um encontro decisivo.

Larissa passou o dia com Camila. Leonardo ficara na casa dos avós e ela aproveitou para se arrumar para o encontro de logo mais à noite. Camila chamou uma amiga em comum, que trabalhava em um salão de beleza, para arrumar o cabelo delas, fazer as unhas e maquiagem. O salão estava fechado no domingo, mas a amiga fez todo o atendimento na casa de Camila.

Raquel não estava se sentindo muito bem naquele dia, mas mesmo assim era presença indispensável na festa do padre Romano. Combinou com Alberto que iriam ficar pouco tempo, mas teriam que prestigiar a homenagem. Mandou Leonardo tomar banho para que ficasse bem bonito na festa, pois muitos garotos estariam lá e ela queria que seu neto fosse o mais elegante da noite.

Depois do almoço, Helena terminou de fazer algumas coisas, ajeitou a casa e foi preparar um vestido novo para a cerimônia. Teria missa e depois a comemoração. Fernando havia combinado de passar em sua casa para pegá-la, juntamente com Isabel, próximo das dezoito horas.

Toda a cidade sabia da missa e da festa em homenagem ao padre Romano. Foram feitas rifas para arrecadar dinheiro, pessoas tinham doado mantimentos, Alberto doou uma leitoa que trouxe da fazenda, o prefeito pagou o cachê da banda, enfim, todos colaboraram para o sucesso do grande evento.

Até o bispo de Goiabeiras, sede da diocese regional, viria para celebrar a missa. Depois da festa, o padre Romano se recolheria em seu abrigo feito para os padres aposentados, mantido pela igreja, localizado em um bosque calmo e tranquilo perto de Goiabeiras.

O padre Romano quase já não andava mais. Estava muito velhinho, completando noventa anos e, apesar de lúcido, as pernas não obedeciam com a mesma firmeza; por isso ele preferia ficar sentado em uma cadeira de rodas para conversar com as pessoas. Mantinha a mesma percepção de quando era jovem e seus conselhos carregavam a mesma dose de sabedoria. Falava baixinho e, às vezes, era necessário chegar bem perto para ouvir suas palavras.

Final

Fernando chegou à casa de Helena às 18h30 e entrou. Ela estava terminando de se arrumar e ele ficou em pé no portal dos fundos. Olhava para o horizonte e apreciava aquele pôr de sol que tantas vezes tinha visto em sua infância e adolescência.

Reviu ali todo o seu passado, seu presente, e tudo que poderia ser o seu futuro. Desenhou nas nuvens um castelo e nele construiu a sua felicidade. Era o seu momento, que, enfim, havia chegado.

— Fernando, o café está esfriando, você vai chegar atrasado ao seu compromisso. E nós também — falou Isabel pela segunda vez.

Fernando acordou daquele momento de transe, olhou para Isabel, pegou a xícara de café e começou a saborear pausadamente. Deixou a xícara na mesa, pegou as chaves do carro, todos entraram e foram para a festa. Durante o trajeto, olhou para Isabel pelo espelho retrovisor e perguntou:

— Isabel, quem te disse que tenho um compromisso? Você falou de uma forma... Parece que está sabendo de alguma coisa.

— Não sei de nada, mas você está tão bonito, tão elegante que pensei que tinha um compromisso — falou Isabel maliciosamente.

Chegaram à igreja e assistiram à missa quase da porta da entrada principal, pois a catedral estava totalmente cheia. Não viu Larissa, mas sabia que ela estaria presente.

A missa foi muito bonita, prestaram homenagem ao padre Romano, entoaram hinos de louvor, e quando terminou, via-se que ele estava muito emocionado. Ao fim da pregação, todos se dirigiram ao salão paroquial para a festa de confraternização.

Fernando entrou com sua mãe, acomodaram-se a uma mesa e quando as pessoas se sentaram pôde ver Larissa do outro lado do salão com seus pais, Camila e o esposo e um rapazinho de uns oito anos, moreno e esbelto.

Estava linda. Usava um vestido verde com um pequeno decote e um colar de ouro com um pingente em forma de cruz. O cabelo castanho-escuro, solto pelas costas, formava ondas que balançavam. Ela deu um sorriso, e Fernando se levantou.

Dirigiu-se à mesa onde estava Larissa, cumprimentou seu pai e sua mãe.

— Boa noite, seu Alberto — falou Fernando. — Boa noite, dona Raquel — dirigiu-se à mãe de Larissa.

Cumprimentou Camila e o esposo educadamente. Camila olhava para ele com um sorriso franco e malicioso. Era a única dos presentes que sabia o que estava acontecendo naquele momento.

— Olá, rapaz, tudo bem? — falou Fernando para Leonardo.

Seu Alberto respondeu com um aceno, devolvendo o cumprimento. Raquel sorriu meio sem jeito, pois não sabia quem era aquele rapaz moreno, alto e bonito. Vestido com uma camisa bege, calça jeans e blazer azul, parecia um daqueles personagens de novela. Não se lembrava de conhecê-lo, apesar de ter uma leve lembrança de sua fisionomia. Leonardo não disse nada, apenas olhou para o homem que cumprimentava a todos.

Larissa se levantou, beijou Fernando no rosto e ele ficou segurando sua mão por um instante. Olhando fixamente em seus olhos, Fernando disse a ela, carinhosamente:

— Vamos cumprimentar o padre Romano?

— Vamos sim! — ela concordou.

Caminharam de mãos dadas até o local em que o padre Romano recebia os cumprimentos. Chegaram perto e os olhos do padre brilharam como estrelas em uma noite escura. Pediram sua bênção, desejaram felicidades a ele e o padre falou, com voz baixinha, o que lhe era peculiar naquele momento:

— Deus abençoe os seus passos. Sejam muitos felizes! Vocês merecem!

Raquel olhava para os dois sem entender o que estava acontecendo. Olhou para Alberto e viu que para ele não havia surpresa. Então ela perguntou:

— Quem é esse rapaz, Alberto? Parece que você já o conhece.

— É o doutor Fernando, novo diretor do hospital. Parece que eles estão se entendendo — respondeu Alberto.

Raquel ficou olhando e imaginou como aquilo poderia estar acontecendo sem ela saber de nada. De repente, uma imagem acendeu sua memória e então ela se lembrou de onde conhecia o rapaz. Seus olhos marejaram e as lágrimas teimaram em descer silenciosamente pelo seu rosto. Enxugou as lágrimas e agradeceu a Deus por consertar, depois de tanto tempo, todos os erros que ela havia cometido.

Nessa hora a banda começou a tocar. Parecia que tocava para os dois, era o hino do amor de Fernando e Larissa: *Ain't no sunshine...*

"O sol não brilha quando ela vai embora
Não faz calor quando ela está longe
O sol não brilha quando ela vai embora
E ela sempre demora tanto para voltar
Cada vez que ela se vai."

— Vamos dançar? — convidou Fernando, pegando as mãos de Larissa carinhosamente.

— Vamos, claro! — disse Larissa, e abraçou Fernando com ternura.

Começaram a dançar e logo se misturaram a outros casais que também dançavam ao som daquela música maravilhosa. Mas aquele casal, especificamente, dançava na certeza de que agora o sol brilharia para sempre.

Parecia que flutuavam nas nuvens. A felicidade era total. Não viam ninguém ao redor deles.

De longe, Helena olhava para os dois com os olhos marejados de lágrimas. Quanta felicidade Deus tinha lhe concedido. Todos os seus sonhos haviam se realizado. De onde estivesse, Manoel estaria batendo palmas para eles. Isabel olhava extasiada para o casal que estava dançando no salão. Camila observava os dois e seus olhos se encheram de lágrimas, borrando sua maquiagem, mas nada disso importava, pois sua querida amiga se encontrara com seu inevitável destino.

Olhando para Larissa, Fernando perguntou:

— Larissa, aquele rapazinho sentado na mesa é o seu filho?

— Sim, é o Leonardo — disse Larissa. — Viu o tanto que ele se parece com você? — perguntou ela maliciosamente.

Fernando sorriu. Continuaram a dançar, ela recostou o rosto em seu peito e as lágrimas molharam a camisa de Fernando. Naquele momento, ele sentiu que uma nova etapa de sua vida estava começando, diferente de todas as outras, porém era a mais feliz de todas que tinha vivido até aquele dia.

E desta vez seria para sempre!